VIAJE SALVAJE

CONDADO DE BRIDGEWATER - LIBRO 1

VANESSA VALE

Derechos de Autor © 2017 por Vanessa Vale

ISBN: 978-1-7959-0077-5

Este trabajo es pura ficción. Los nombres, personajes, lugares e incidentes son producto de la imaginación de la autora y usados con fines ficticios. Cualquier semejanza con personas vivas o muertas, empresas y compañías, eventos o lugares es total coincidencia.

Todos los derechos reservados.

Ninguna parte de este libro deberá ser reproducido de ninguna forma o por ningún medio electrónico o mecánico, incluyendo sistemas de almacenamiento y retiro de información sin el consentimiento de la autora, a excepción del uso de citas breves en una revisión del libro.

Diseño de la Portada: Bridger Media

Imagen de la Portada: Period Images

¡RECIBE UN LIBRO GRATIS!

Únete a mi lista de correo electrónico para ser el primero en saber de las nuevas publicaciones, libros gratis, precios especiales y otros premios de la autora.

http://vanessavaleauthor.com/v/ed

PRÓLOGO

ATHERINE

El pasillo estaba oscuro, el ritmo pulsante de un nuevo número de baile resonaba en la pared detrás de mí. Él me contenía allí, atrapada entre el muro de yeso y su magra estructura. Sus labios eran duros y dominantes, demandantes de mi rendición, mientras me retorcía en su captura. Él era el único al que querría desgarrar con mi tacón de estilete y coger con igual necesidad.

"No te muevas". Presionó hacia adelante, presionando mi cuerpo contra el muro con el suyo, y su pene duro como roca era una tentación que no podía ignorar mientras acercaba mi cadera hacia él, tratando de acercarme. *Dios, sí. Dame más.*

"¿Acaso esta mierda mandona trabaja así con todas las chicas?"

"Tu coño está todo caliente y húmedo, primor. No lo niegues".

Sus oscuros ojos se cruzaron con los míos, y la mirada que le di debió bajarle el vigor allí abajo. En vez de eso, esbozó una sonrisa y podría jurar que sentí su pene latir. "Hazlo callar, muñeca. Cualquier pensamiento en tu cabeza. Trabajo. Tu vida diaria. Todo te ha presionado excepto mi verga. Hazlo callar de una puta vez antes de que te ponga sobre mis rodillas". Entrecerré mis ojos y estaba tan aterrada como excitada. "No lo harías".

El delgado material de su pantalón de vestir no era una barrera entre nosotros; yo levantaba mis piernas y las enrollaba en su cintura como una hembra en celo. No tenía idea de que discutir al respecto sería tan jodidamente excitante. Mi falda se deslizó hacia arriba y froté mis piernas desnudas en su cadera, deseosa por más.

Levantando mis brazos sobre mi cabeza, sujetó mis muñecas con una mano, dejando la otra libre para deslizarla hasta mi cadera mientras él me besaba el cuello, lamiéndolo. Succionándolo. Habría una marca a la mañana siguiente. Me arqueé para darle un mejor acceso mientras que sus dedos dejaban un rastro de calor en camino hacia la copa de mi brasier bajo la blusa. Movió la fina tela hasta tener sus palmas callosas sobre mi piel. Mi pezón erecto rogaba por su atención.

"Ooooooh, sí".

Demonios. ¿Esa era yo? No reconocí aquella voz. Nunca había sonado tan desesperada por ser tocada, ni tan necesitada de aquello. Y el trabajo... ¿qué trabajo? Nada había sido capaz de desconectar mi mente más rápido que un hombre mordiendo gentilmente mi pezón. Y no solo cualquier hombre. *Sam Kane*. Dios, ha sido mi amor desde la infancia, la estrella de mis fantasías desde la escuela, pero eso fue hace quince años.

Él era un chico para ese entonces. Ahora, era *todo* un hombre y yo estaba trepándolo como a un árbol. Hemos pasado la última hora discutiendo e instintivamente supo cómo fastidiarme y dar con mis puntos débiles. En lugar de hacerlo arrodillarse, estaba en el pasillo de un lugar público dejándolo tocarme, probarme y lamerme.

"Así es. Lo único en lo que deberías estar pensando es en esto". Sus labios reclamaron los míos, mientras que su mano libre se deslizaba más abajo, hacia mi abdomen. Sus dedos toscos pasaron por debajo de mi falda hasta mi pierna, y luego subieron más y más, hasta acariciar el encaje de mis pantis.

Viaje salvaje

Su mano apretó mis muñecas, su lengua arrebató mi boca y dos de sus dedos movieron mis pantis a un lado y se deslizaron en mí. Estaba tan excitada por él que casi me corría de esa única penetración.

No podía detener los gemidos que escapaban de mi boca cada vez que sacaba los dedos de mí y me volvía a coger con ellos. Él era terco, mandón y fastidioso. Incluso robó mi teléfono para evitar que trabajara. ¿Y por qué jadeaba su nombre mientras él hacía lo que le viniera en gana?

Moviéndome en su mano, trataba de que frotara mi clítoris, de que me llevara más allá, pero frenó nuestro beso y mordió mi labio inferior suavemente, lo suficiente para hacerme saber que él estaba a cargo. "Aún no, Katie. No hasta que te dé permiso".

¿Permiso? ¡¿Cómo se atreve?! Mojé sus dedos completamente.

Apreté mi vagina y él se echó para atrás, penetrando más rápido y con cuidado de no acercar su mano a mi clítoris. Gemí en frustración y el mordisqueó mi mandíbula. "Eso es lo que quería escuchar de ti". Tocó mi clítoris una vez, con un roce rápido y suave que me enloqueció aún más. Gemí y él regresó a tomar mis labios, hablando por encima de ellos mientras que sus dedos se movían dentro y fuera de mi vagina, tan lentamente que quería gritar.

Él me besó fuertemente, luego separó mis piernas de su cintura, y empezó a moverse más abajo. Soltando mis muñecas, se arrodilló frente a mí y levantó mi falda hasta mi cintura. Con una mano en mi abdomen me mantuvo en mi lugar. Simplemente movió a un lado mis pantis de encaje mientras me sujetaba con una mano en el abdomen. La otra mano la usó para abrir paso para meter su boca.

"Oh, rayos", murmuré, mirando su cabeza oscura entre mis piernas, sintiendo su cálido aliento rozar mi vagina.

Debí decirle que parara. Estábamos en el maldito pasillo de un bar. Bueno, la verdad, estábamos en un callejón, pero cualquiera podía caminar por ahí en cualquier momento. Debí comportarme como una verdadera profesional y haberle dicho que no, haberle dicho que esperara hasta que llegásemos a algún lugar más privado.

Chupó mi clítoris con su boca y lo chasqueó con su lengua, y mientras tanto, yo enredaba mis dedos en su cabello. Con la cabeza atrás, no me di cuenta de que había cerrado los ojos hasta que escuché una suave risa a mi derecha.

En shock, me di la vuelta para encontrar al apuesto vaquero que había conocido en el avión temprano, estaba viéndonos con un brillo de interés en sus ojos. Se recostó contra el muro, con los brazos cruzados. ¿Cuánto tiempo llevaba? Por lo paralizada que estaba, no pude hacer nada más que gemir cuando soltó mi clítoris, solo para ser chupado nuevamente por la boca de Sam. ¿Acaso no se ha dado cuenta de que no estamos solos? De ser así, debía de ser jodidamente hábil como para no sentir vergüenza. Empujando su cabeza, solo quería que se apartara; pero con un chasquido de su lengua, me dediqué a sujetar su cabello, manteniéndolo cerca de mí. Estaba al borde, tambaleándome por llegar al orgasmo.

El vaquero sonrió y cerró distancias. El pasillo ya se sentía concurrido. No, yo me sentía "concurrida" por dos hombres que me prestaban *mucha* atención. Un hombre tenía su cabeza entre mis piernas y me hacía correr solo con su lengua, y el otro bloqueaba el mundo exterior con sus enormes hombros. Levantó su mano hasta mi mejilla, y entonces colocó su pulgar en mi labio inferior. "Veo que ya conociste a mi primo".

¡¿Primo?! Él solo sonrió, y me besó con tanta lujuria, calor y profundidad como Sam trabajando mi vagina con su lengua, presionando hasta llevarme a un orgasmo de gran magnitud.

Mientras Sam me soltaba, su *primo* Jack amortiguaba mis gritos con un beso. Me encontraba en un serio problema.

1

Diez horas antes...

"Les habla su capitán. Estamos listos para el despegue, pero como podrán ver a través de la ventana, el clima no se ve agradable y la torre de control ha dado luz roja a todos los vuelos. No estoy seguro de cuánto tiempo nos tendrá la tormenta aquí. Parece que será por al menos media hora, damas y caballeros. Les mantendremos informados".

Oh, genial. Mirando a través de la pequeña ventana, se podían ver las enormes nubes color carbón que evitaban que saliéramos de Denver. Había hecho una carrera desde una de las puertas hasta el área de viajero frecuente de larga distancia para llegar a mi vuelo con escala a tiempo, solo para ser plantada así en el asfalto. Miré mi reloj y me limité a suspirar. No tenía tiempo para esto. Diablos, no tenía tiempo para ir a Montana, pero tenía que ir de todas formas.

Recostándome en la incómoda cabecera, cerré mis ojos y traté de respirar para quitar mi frustración. Llevaba la mitad de la noche terminando las declaraciones que debía archivar esta mañana, y me tomó dos horas más responder a tantos correos como me fuera posible. Para cuando terminé, todavía tenía que empacar. No tenía nada, *nada*, apropiado para el salvaje oeste además de unos pantalones de jean y unas zapatillas deportivas así que, tras una hora de total preocupación, lancé un poco de todo en una maleta.

Había dormido unas lamentables dos horas cuando la alarma me despertó a las cuatro y media, solo para encontrar que el puente de Manhattan hacia Queens estaba en reparación en mitad de la noche y el tráfico estaba horrible. Luego, la seguridad del aeropuerto tardaba demasiado y tuve que pasar por su proceso de revisión a causa de los tornillos de titanio en mi pierna. Cuando por fin había logrado llegar a la puerta, mi jefe me llamó para quejarse sobre mi ausencia en las reuniones con la lista actual de clientes. Quería entablar relaciones con ellos tanto que hasta consideré dejar mi maleta e irme a la oficina, pero cuando informaron que debía abordar, sabía que al menos debía resolver una cosa a la vez en mi vida. Y ahora, estoy atascada por una tormenta eléctrica.

Mientras intentaba quitarme la sensación áspera en mis pestañas, intenté realizar ejercicios de respiración que aprendí en las clases de yoga. Se suponía que las clases eran relajantes, pero nunca funcionaron. Nunca estaba calmada. Y ahora, el aire enlatado dentro del pequeño avión se hacía más y más cálido, penetrando en mis pulmones, sofocándome. Estaba atorada y no había nada que pudiera hacer al respecto. Mierda. Odio que las cosas se salgan de mi control. No soy claustrofóbica, pero me sentía igual de atrapada. Un poderoso trueno resonó en el avión, justo antes de que la lluvia lo golpeara como miles de pequeños martillos. ¿Acaso Dios intentaba decirme algo?

Respira.

Inhala lenta y profundamente por la nariz, mantén la respiración… un poco más… y exhala todo por la boca. Inhala… el aroma a sándalo y cuero con una pizca de calor que seguramente provenía de *él*. Me senté al lado del señor Apuesto Vaquero y olía muy bien como para intentar concentrarme en otra cosa —incluso con mis ojos cerrados—. La esencia no era colonia, jabón quizás, y me distraía completamente. ¿Cómo podría alguien concentrarse en respiraciones de yoga con un don "Alto, Piel Morena y Atractivo" al lado y hombro con hombro?

Casi me tragaba mi lengua cuando él cruzó el angosto pasillo, colocó su sombrero en la cabecera y se sentó a mi lado, intentando acomodar su enorme cuerpo en un espacio pequeño. Me ofreció una rápida sonrisa y un educado "hola", y luego abrió su libro. Yo estaba escribiendo mensajes de texto en el celular, pero mis pulgares se congelaron cuando lo miré de reojo.

Tenía pelo rubio, un poco largo y con rulos en las puntas. Peinado, pero indómito. Sus ojos eran igual de oscuros y penetrantes, pero la manera en que se curvó la comisura de sus labios a los extremos me indicó que no era tan intenso como se veía. Su piel bronceada me demostró que no trabajaba en una oficina, al igual que sus enormes manos con uñas cortas y bien cuidadas, y un juego de músculos fascinante que cambiaba bajo la superficie. Manos fuertes que obligaban a una mujer a rogar por que la tocaran. Lo más importante, aún no llevaba anillo de compromiso.

Me sentía una pervertida total por pensar en mi compañero de asiento de esa forma, ¡pero por Dios! Él estaba bombeando hormonas o algo así, porque, en ese momento, solo podía pensar en montarme sobre su regazo y hacer un rodeo con él. Mi cerebro se había paralizado y mis ovarios tomaron el control.

No había vaqueros en Nueva York, y debía admitir que no había nada como un hombre cuyo tamaño y musculatura fueran formados por arduo trabajo, aire fresco y un fuerte sol en lugar de las clásicas rutinas del gimnasio. Ningún hombre podía llevar una camisa de botones a presión, unos pantalones vaqueros y unas botas como un vaquero real. ¿Y éste hombre? Él era *todo* un vaquero. ¡Santo cielo! Siempre había pensado que el empresario era atractivo, pero era un debilucho en comparación con esto. Podrían ser capaces de conseguir tratos de billones de dólares con un almuerzo, pero haría la vista gorda si intentaran llevarme a la cama. ¿Pero el Señor Guapo?

Podría montarme y ponerme en sumisión todos los días si quisiera.

Como no iba a decirle esas cosas, decidí volver a ver mi reloj de nuevo. Tres minutos habían pasado desde el anuncio del capitán. Debía aprovechar ese tiempo muerto para mi provecho. Moviéndome hacia adelante, traté de alcanzar mi bolso por debajo del asiento, pero el espacio era muy estrecho. Intenté acomodarme de lado para ello, y encontré que mi cabeza tocaba la dura pierna del Señor Guapo. Una pierna dura y *cálida*.

Me volví a sentar abruptamente y di una rápida mirada hacia él. "¡Lo siento!" Me sonrojé y mordí mi labio.

¡Santo Cielo! Tenía un hoyuelo. Él sonrió, mostrando esa perfecta hendidura en su mejilla derecha y me quedé mirándola boquiabierta. Tenía la barba de la tarde, y me preguntaba si esa barba sería suave o rasposa. ¿Acaso la haría recorrer sobre la piel de su amante? Usar esa abrasión para acariciar entre mis piernas antes de probarme con su...

"No hay problema. Cuando quieras", murmuró, con una profunda voz.

¿Me estaba insinuando que podía colocar mi cabeza en su regazo *cuando yo quiera*? ¿Acaso quería que yo...?

Mis ojos fueron bajando hasta sus piernas y pude notar rápidamente cómo esos pantalones lo moldeaban en *todos* los lugares correctos.

Mortificada porque me quedé mirando su enorme paquete, alejé la mirada, pero no antes de que él me guiñara el ojo y sonriera maliciosamente.

Tratando de mantener mi parte del reposo para el brazo, usé mi pie para alcanzar mi bolso y tirar de él hacia adelante —doblándome en posiciones de las cuales estaba agradecida de las tantas horas de yoga que había realizado— para tener a mi alcance mi portátil y mi teléfono, y colocarlos en la bandeja. En cuanto quité el modo avión del teléfono, empezó a sonar.

Deseando silenciar el tono, respondí.

"No piensas que puedes esconderte y vender la propiedad de tu tío sin que yo lo sepa, ¿verdad?"

Bastaba con escuchar la voz de Chad para irritar lo que

quedaba de mis nervios agotados. Como había bloqueado su número, probablemente estaría llamándome por el de su oficina. ¿Por qué no podía dejarme en paz?

"No necesito esconderme. Voy a vender la casa de mi tío, y ya lo sabes". Mantuve mi voz baja para no molestar a nadie más.

"¿Y quedarte con las ganancias? No va a pasar, cariño".

"No soy tu cariño, Chad. Y dudo que lo haya sido antes", le gruñí. Cuando lo había encontrado en su cama con su paralegal, era de asumir que ella era su cariñito.

"Eres mi esposa, y eso me deja con la mitad de esa herencia".

Miré la lluvia cayendo en la ventana. Mis emociones estaban como el cielo: oscuras y con una fuerte amenaza de desatarse. "Has estado en bancarrota por mucho tiempo. Ya no estamos casados, por lo que te quedas con nada".

"Lo dice la mujer que en cuatro años trabajando, no ha hecho ningún socio".

Auch. Eso fue un golpe bajo. Chad había conseguido un socio menor en su firma después de dieciocho meses, y siempre me lo ha recordado. Le di un rápido vistazo a Señor Guapo y descubrí que me estaba observando, con una mirada tan intensa que me hizo retorcer en mi asiento. ¿Vi una chispa de preocupación en su rostro? Dios, no necesitaba que me escuchara peleando con el idiota de mi exesposo.

"Chad, estoy sentada en un avión y no puedo hablar. No hay nada más de qué hablar entre nosotros. Deja ya de llamarme".

Colgué y me quedé mirando mi teléfono. Llevábamos divorciados casi dos años y aún creía que podía joderme. Fue un matrimonio estúpido y la herida de ese apresurado error seguía abierta.

La respiración de yoga no me iba a calmar, así que debía cambiar mis ideas. El trabajo. Trabajar podría ayudarme a concentrarme sobre algo aparte del mentiroso, infiel, traidor y tarado de mi ex.

Saqué el expediente que estaba escribiendo y me puse a trabajar mientras el Señor Guapo leía su libro. Después de unos minutos, un icono de mensaje instantáneo apareció en la esquina inferior de la pantalla.

Elaine: Vi que tu nombre apareció. ¿Ya llegaste?
Yo: No. Vuelo a escala en Denver retrasado. Tormenta eléctrica.
Elaine: Rayos.

Pasó más o menos un minuto cuando volvió a escribir.

Elaine: ¡No olvides tu objetivo principal! ¡Consigue un vaquero atractivo y ten sexo desenfrenado!

Mis ojos quedaron como platos ante el mensaje en la esquina de la pantalla de mi portátil.

Volteé a ver al Señor Guapo, y parece que no se dio cuenta de la nota picante de mi amiga. La letra es pequeña y aunque los asientos estaban muy juntos, esperaba que fuera corto de vista. Y que estuviera enfocado en su libro.

Yo: Perdería el tiempo. Tengo mucho trabajo por hacer.
Elaine: Últimas palabras de una mujer que desesperadamente necesita un orgasmo. Chad fue un tarado con un lápiz entre sus piernas. Necesitas a un hombre que te haga girar el mundo.

Elaine no tiene pelos en la lengua y es lo que amo de ella. No suaviza las palabras. Lo que dijo sobre el pene de mi ex quizás sea cierto. Tristemente, solo he estado con él, por lo que no he tenido tantos penes en mi vida para comparar, pero ciertamente no sabía usarlo. En cuanto a hacer mi mundo girar, bueno, dudaba que fuera a pasar pronto. Estaba muy ocupada. Trabajo, trabajo y más trabajo. Ocasionalmente dormía. Y como Chad tiernamente resaltaba, no había hecho ningún socio. Aún. Si quiero hacer uno, debía tomar en cuenta el tiempo.

Yo: El sexo no me dará las relaciones que necesito.
Elaine: Tienes enredadas tus prioridades, mujer, con pensar que no puedes tener ambas. ¿Crees que el señor Farber no coje?

No estaba segura de reír o vomitar. Mi jefe ya estaba en los sesenta y era todo menos atractivo. Y un idiota misógino.

Yo: Muy graciosa.
Elaine: Solo una noche. No te digo que te cases con el tipo, solo ten sexo con él. Luego consigue otro y repite el proceso.

Suspiré, tratando de averiguar cómo conseguir a un sujeto para tener sexo. No era exactamente una modelo con mi baja estatura y mis curvas. Y "solo una noche" no era mi estilo. ¿Cómo puede uno andar en esas cosas? ¿Se suponía que debía caminar hacia un tipo y decirle que quería tener sexo? ¿Beber y actuar como tonta hasta que el hombre tomara la iniciativa, me llevara a su casa y salir a escondidas al terminar? Todo eso me incomodaba. El pensar en pasar de una divorciada tensa y adicta al trabajo que solo ha dormido con un hombre a una seductora apasionada en los campos de Montana no se veía factible.

Yo: Ok. Le preguntaré al primero que vea cuando suelte el teléfono si quiere que lo hagamos. Eso debería bastar, ¿no?

Juraría que había escuchado al Señor Guapo gruñir, pero cuando lo miré, seguía leyendo.

Elaine: Siempre funciona para mí. En serio, búscate un vaquero sexy de Montana y lánzate.

Señor Guapo todavía no se había movido y suspiré por dentro. Esta conversación no era algo que él necesitara ver.

Sonó mi teléfono.

Yo: Tengo que irme. El señor Farber está enviando un mensaje.

Elaine: ¿Sabe enviar mensajes? Jajaja.

Rodé mis ojos y cerré la ventana de mensajes. Tomé mi teléfono y revisé el mensaje de mi jefe.

Farber: Escuché que la cita para el caso Marsden fue cambiada para el jueves. En tu ausencia, Roberts se hará cargo.

"Carajo", suspiré, y mi mano apretó el teléfono tan fuerte que mis nudillos se pusieron blancos.

Miré las palabras y quería lanzar el teléfono desde el avión. Eric Roberts estuvo compitiendo por el mismo puesto de socio que yo y él era un completo idiota. Además de tener un título en leyes, tenía una maestría en lamer culos y un doctorado en buscar chicas más jóvenes que él. Me perdí medio día y ahora él tomaría mi mejor caso. Solo podía imaginar que lo lograría en la semana que no estaré.

Normalmente, hubiera sonreído cortésmente y mordido mi lengua. Pero hoy no. Murmuré para mí mientras respondía al mensaje de Farber con una recomendación educada de que enviara a Martínez en su lugar. Martínez, Al menos, piensa con algo más que su pene. Roberts se ha cogido en el camino a todas las del departamento de paralegales y hasta lo hizo con la recepcionista en la oficina de ortopedia en el cuarto piso. "Roberts, maldito. Piensa que puede arruinarme".

"¿Sueles hablar contigo misma?"

Volteé mi cabeza para ver a Señor Guapo.

"¿Disculpe?". Pregunté, confundida. Mi cerebro todavía procesaba cómo mi carrera sería enviada al excusado a pasos alarmantes.

"Solo preguntaba si sueles hablar contigo misma muy a menudo".

Sentí el choque de la realidad, me sonrojé fuertemente y volteé la mirada, para ver a la azafata trabajando en el pasillo.

"Pues... Verás... Solo cuando me estreso". Reí secamente. "Quiero decir, sí. Suelo hablar conmigo todo el tiempo".

Una pequeña V se formó en sus pestañas, y luego miró mi computador. "¿Trabajo estresante?"

La azafata llegó a nuestra línea. "Debido a que seguimos estancados, las bebidas van por nuestra cuenta, chicos. ¿Quieren cerveza, vino o algún otro licor?"

"Licor", Señor Guapo y yo lo dijimos al mismo tiempo. Nos miramos mutuamente y sonreímos.

"Nombren su veneno", respondió la azafata, mirándome con papel y lápiz en mano.

"Vodka tonic", le dije. "Y que sea doble".

"Para mí también", respondió el Señor Guapo.

Cuando la azafata continuó por el pasillo, él se volteó a verme. "Parece que necesitas ese trago".

"O diez", murmuré.

"¿Tan mal estás?", preguntó.

"Lo único que puedo hacer, por ahora, es ahogar mis problemas en el alcohol. Desde que me monté a este avión, recibí una llamada de mi ex, un chat de una compañera de trabajo y un mensaje de texto de mi jefe. Para variar, no llegaré a mi cita en Montana a tiempo". Desempañé la ventana del avión con mi mano y todavía se veía el agua correr. "No puedo regresar a Nueva York, y después de meses de arduo trabajo, le regalarán mi caso a un hijo de...". Me mordí el labio. "A un asociado, porque estoy atrapada aquí".

La mirada penetrante del Señor Guapo estaba fija en mí, como un láser. Como si no quisiera escuchar la tormenta afuera o el llanto del bebé dos filas atrás o la conversación de la pareja en la fila de enfrente. Me estaba escuchando únicamente a mí, y esa atención me excitó completamente. Tuve que cerrar mi mano para aguantarme el querer saber qué tan suave era su pelo pasando entre mis dedos.

"Estar atrapados no es tan malo", respondió.

Arqueé mis cejas y mi mirada se fijó en sus labios cuando habló. Persistí, porque no podía recordar que era de mala educación quedarse mirando. "¿Qué?".

"Mmm", murmuró. "¿Atrapado con una hermosa mujer? Es el sueño de todo hombre. Me siento con suerte".

2

Me relamí los labios y me forcé a mirarlo de frente, como una mujer lógica y razonable. ¿Cuántas veces me iba a hacer sonrojar este hombre?

"Por cierto, me llamo Jack".

Me volví a relamer los labios, y la humedad que dejaba mi lengua me molestaba mientras respondía. Quizás esto era cómo funcionaba el ligar con un hombre. Quizás Elaine tuviera razón. Tal vez podía hacer esto.

"Catherine".

Jack cambió la posición de sus piernas para estirarse un poco en el pasillo. "¿Y qué haces que te tiene tan estresada?".

Consideré mentir por un segundo, pero mis instintos se rebelaron contra la idea. Si él no podía manejar a una mujer con cerebro, perdería mi interés hacia él de cualquier manera. "Soy abogada".

"Mi primo es abogado también. Normalmente suelo hacer chistes de abogados, pero no creo que sean de tu tipo".

Reí y asentí con la cabeza. "Sí, los he escuchado todos, a decir verdad". Tiré de uno de mis rizos rebeldes. "Y soy rubia también, así que estoy más que destinada al departamento de chistes malos".

"Uy... ¿Y cuál es el gran asunto que te tiene tan frustrada?"

Puso sus manos encima del libro en sus piernas, entrelazando sus dedos, y claramente preparado para esperar una respuesta. Lo miré por un minuto, tratando de averiguar por qué se preocupaba.

Quizás percibió mis pensamientos, porque continuó hablando. "La verdad es que he disfrutado hablar contigo más que leer mi libro. Además, no tenemos nada más que hacer. Podrías simplemente contarme". Cuando me vio todavía en pausa, prosiguió. "Lo que pase en el avión, se queda en el avión".

"Pensé que solo servía en Las Vegas", respondí, y sonreí. "Bien". Me volteé para que mi espalda estuviera contra el asiento del avión y lo miré a los ojos.

"Mi mayor problema es que busco un socio y un compañero de trabajo ambicioso acaba de tomar un caso. Llevo fuera como...". Miré mi reloj y saqué las cuentas. "...Seis horas y ya está cazando a mis clientes".

"Un socio. Impresionante, en especial para alguien tan joven".

Lo miré cuidadosamente con el ceño fruncido. "Gracias. No soy tan joven y no creo que estés tan viejo para hablar sobre los mayores aún".

"No me atrevo a adivinar la edad de una mujer. Mi madre me enseñó mejores modales que eso, pero tengo treinta y dos".

"Entonces diré que tienes unos años más que yo". Cinco para ser exactos, pero él no necesitaba saber eso.

"Como dije. Impresionante".

Miré mis uñas cortas. "Conseguir un socio ha sido mi meta por diez años. He trabajado hasta desgastarme, y pensar en aquel idiota, en mi oficina, robando esa asociación bajo mi nariz me hace querer estrangular cosas".

"¿Siempre quisiste ser abogada?"

"Sí".

"¿Y por qué? ¿Alguien en tu familia terminó preso por un crimen que no cometió?" La comisura de su labio se levantó y el hoyuelo apareció. Me quedé mirándolo. No lo podía evitar. Quería besarlo ahí, descubrir a qué sabía esa piel.

Demonios. Elaine tenía razón. Necesitaba tener sexo. La abstinencia que tenía desde mi divorcio me hacía perder la cabeza. "Eh... no. Mi mamá y mi papá son abogados, en realidad".

"Entonces sigues sus pasos".

Pensé en mis padres. No eran tan cariñosos, pero sí amorosos en general. Sin embargo, me habían puesto en la universidad y la escuela de leyes, así que no debía quejarme. "Eso creo. Nunca lo pensé de esa forma. Siempre era lo que tenía pensado hacer". Ya había dicho suficiente sobre mí. Ahora es tu turno. "¿Y qué hay de ti? ¿En qué trabajas?".

"Soy ranchero".

"¿Y exactamente qué significa?".

"¿Has estado en Montana antes?".

"Cuando era pequeña. Mi tío vivía allá".

Asintió suavemente. "Manejo un rancho de caballos".

"Te etiqueté de vaquero".

"Y yo a ti de citadina".

Miré mi portátil y mi teléfono. También había visto mi blusa blanca y mis jeans ajustados. "Si... puedes sacar a la chica de la oficina, pero nunca a la oficina de la chica, ¿no?".

Me miró por un minuto. "No lo sé. Tal vez necesites intentarlo".

Se me erizó la piel ante sus palabras, luego suspiré. "Créeme, no fue tan fácil. Lo he intentado toda mi vida". Había hecho todo lo que decían los libros para relajarme. Vacaciones en la playa. Yoga. Máquinas de estática y una cita mensual con un masajista. Lo que recibí a cambio fueron pilas de correos sin responder, un hombre lastimado de tanto hacer la posición del *perro boca abajo*, pesadillas sobre insectos zumbando y una total mortificación mientras un extraño me ponía loción en mi no-tan-perfecto cuerpo mientras pretendía no darme cuenta de lo lejos de la perfección que en realidad estaba.

La azafata nos trajo nuestras bebidas en una bandeja, entregó la mía y luego la de Jack.

Tomé un sorbo de la bebida fría y sentí cómo el alcohol se asentaba en mi lengua, y lentamente se deslizaba hasta mi garganta.

"¿Te diriges a Montana a visitar a tu tío?", preguntó, lo suficientemente diestro como para saber cuándo cambiar de tema.

"Mi tío murió hace unos meses".

"Oh... Lamento escuchar eso", murmuró.

Me encogí de hombros. "Tenía doce la última vez que lo vi. Mis padres tuvieron una especie de discusión y nunca más regresamos".

"¿Discusión?"

Tomé otro sorbo. "Nunca me dijeron. Créeme, pregunté, pero nunca hablaron. Sorprendentemente, él me dejó esa casa a mí y me dirijo a limpiarla y venderla".

"¿En Bozeman?" Si este avión despegara, allí aterrizaríamos...

"No, en Bridgewater. Un pequeño pueblo a dos horas". ¿Era mi imaginación o entrecerró sus ojos cuando mencioné el pueblo? Iba a preguntar, pero el sonido del comunicador del avión atrajo mi atención.

"Okey, damas y caballeros". La voz del capitán resonó en el altavoz, interrumpiendo que Jack siguiera hablando. "Mientras pueden observar que sigue lloviendo, la tormenta se está dirigiendo hacia el este y nuestra ruta está libre. Estamos en quinta posición para el despegue".

Entonces la azafata empezó a recorrer los pasillos para recoger los vasos. No quería perder el trago, así que me lo tomé en dos sorbos antes de entregar el vaso. Debido a que necesitaba guardar la bandeja, no me quedó otra más que guardar el computador portátil. Empezamos a movernos lentamente hacia la línea, mientras que los otros aviones despegaban uno a uno. Antes de lo que esperaba, ya estábamos en el aire y los efectos del alcohol empezaron a afectarme. Ahora mi mente zumbaba entre el vodka y el aroma de Jack, y solo podía pensar en conocer más de este vaquero sexy.

"No se me ocurrió preguntar, ¿pero vas camino a tu rancho en Montana? ¿O es en Colorado?".

"Montana", respondió Jack. "Ahí nací y crecí. Estaba en Denver por negocios. Mi turno".

En cuanto vio mi cara de confusión, dijo, "Mi turno para preguntar".

"Okey. Dilo". El alcohol me estaba llenando con una sensación cálida y borrosa, y sabía que normalmente no podría abrir mi mente así. Pero qué más da. Quizás de todas formas no lo volvería a ver jamás.

"No veo anillo. ¿Mencionaste a un ex?".

"Divorciada. ¿Y tú?".

"Nunca me casé".

"¿Alguna novia?" Moría por saber y el licor me soltaba la lengua.

"No. ¿Algún novio?".

Meneé la cabeza. "No tengo tiempo. Mi amiga dice que...". Corté la frase, dándome cuenta de que iba a hablar demasiado. No me importaba si no lo volvería a ver jamás una vez que el avión aterrizara en Bozeman. No me importaba lo fácil que era hablar con él. Hay algunas cosas que una chica simplemente no compartía. Como el hecho de que necesitaba sexo duro y desenfrenado contra un muro y tener al menos cinco orgasmos.

"¿Tu amiga dice...?".

Mire su atractivo rostro, sus anchos hombros, el paquete completo. Le podría decir lo que me había dicho Elaine. Podría proponérselo, decirle que quería tener sexo alocado con él. Es soltero, y dijo que yo era hermosa. Mientras dudé de que podríamos estar en el cuarto especial —el baño de este avión era algo grande para uno, por lo que podrían caber dos— podríamos fácilmente conseguir un hotel cerca del aeropuerto cuando aterrizáramos. Apostaba a que era bueno en eso también. Muy bueno. Esas manos, y el miembro que se veía de contorno en sus pantalones. Podría darle color a mi mundo. Las siguientes palabras pasaron por la punta de mi lengua. *¿Te interesaría pasar una noche conmigo?*

Elaine *lo pudo haber hecho*. Pero yo me acobardé. Demonios, no quería ser rechazada. Chad me había encontrado carente de algo. Si Jack lo hacía, me sentiría destrozada.

"...Nada". ¿Cómo podía salir de esta conversación? El baño. Toda mujer necesitaba *empolvarse la nariz*, incluso a 11.000 metros de altura. "Si no te molesta, ¿me permites pasar?". Apunté al fondo del avión.

Jack se quitó el cinturón y se levantó, dando espacio en el estrecho pasillo para que pudiera caminar hasta el final del avión. Cuando cerré la puerta del baño, me puse a reír fuertemente. Cómo pudiera alguien tener sexo en un espacio así de pequeño estaba más allá de mis expectativas. Era tan pequeño, y definitivamente poco sanitario. Tomé un segundo para mirarme en el espejo, para ver lo que Jack había visto. Mi pelo rubio era ondulado y llegaba hasta mis hombros, y mi flequillo estaba peinado hacia un lado. Era algo indomable bajo la humedad de la costa este, lo que era poco apropiado para el aspecto corporativo. Me habría rediseñado eso yo misma hace tiempo, pero me encantaba que el color no viniera de un producto. Lo acomodé detrás de mis orejas y pasé suavemente mis dedos bajo mis ojos, asegurándome de que la máscara no se hubiera caído.

"Estás hablando con un hombre sexy. Está interesado en ti, sin importar tus dotes o tus locuras. Él no irá a ningún lado, así que sal ahora y habla con el hombre". Me vi frente al espejo, luego fruncí el ceño. "Sí, claro. Como si realmente estuviera interesado en mí".

De regreso al pasillo, encuentro a Jack dormido. Tenía la cabeza recostada hacia atrás y la boca ligeramente abierta. Dios, ¿cómo se sentiría probar esos labios con los míos? No podía quedarme de pie en el pasillo mirando, pero tampoco quería despertarlo porque se veía realmente agotado. La única forma para llegar a mi asiento era pasando sobre él. Coloqué una mano en el espaldar del asiento enfrente de mí, levanté mi pierna y se contrajo cuando pisé la de él. Dios, él era enorme. Puse mi pie en el piso, centrando mi peso en él para traer el otro pie, pero mis piernas eran muy cortas. Fallé en los cálculos y ahora estaba atorada entre sus piernas. Carajo.

Jack se sobresaltó y movió sus piernas, que levantaron mis tobillos del suelo. Perdí el balance y me caí de frente, con mi rodilla aterrizando en el asiento vacío a su lado, y mi trasero aterrizando firmemente en su regazo. Esto, junto con mi pequeño chillido, hizo que él abriera los ojos. Instintivamente, mis manos se fueron a mi cadera. Por lo pequeña que era, sus pulgares rozaron la curva baja de mis pechos que presionaban contra su abdomen.

Mis ojos se ensancharon en alarma mientras sentía su longitud en la coyuntura de mis piernas. Si la fina barrera de nuestra ropa no estuviera en el camino, esa longitud estaría deslizándose a través de mi entrepierna ahora. Estando desnudos, lo podría montar así, justo sobre su regazo, mi pecho presionado contra el suyo, su boca fuera de alcance. Si tan solo hubiera levantado la barbilla…

Nuestros ojos se cruzaron, firmes. Estaba congelada encima de él, como un conejo asustado. Mi cerebro se apagó y no podía moverme, no podía hablar. No tenía ningún comentario ingenioso para calmar la situación. No. No para mí. Primera en mi clase en el equipo de defensa de prueba, y no podía pensar en algo tan simple que decir. No. Todo en lo que pensaba era en tener a un completo extraño desnudo. En sexo salvaje.

Su mirada se entrecerró y estaba llena de calor e intensidad. Sus ojos pálidos eran de color gris tormentoso. Como las nubes bajo nosotros. Me estremecí.

Finalmente recuperé mi voz. "Eh…, mierda". Busqué acomodarme en mi asiento y traté de quitar mi otra pierna, pero sus manos me contuvieron. "Lo siento. Yo…, este…, no quería despertarte". Sabía que mi rostro estaba pasando por todos los tonos de rojo, pero no había nada que pudiera hacer al respecto.

Me sonrió, levantándome para que pudiera mover mi pierna y acomodarme de nuevo en el asiento.

"Cuando quieras, Catherine, cuando tú quieras".

Todavía podía sentir el apretar de sus manos en mi costado, su cálida —y muy dura— presión en mis muslos. Mortificada, sentí que mis mejillas se quemaban y miré a todos lados menos a él. Me puse el cinturón de seguridad con mis dedos enredados.

Dios mío, ¿cómo alguien puede sobrevivir a tanta vergüenza? Tenía que hacer algo, lo que sea, para no tener que hablar más con él. Elaine quería que me lanzara hacia un hombre. Bueno. Lo hice. Dios, no es que quisiera que el avión se estrellara, pero quería morirme de la vergüenza ahora. Nada ha cambiado. Fui un asco ligando. Siempre lo he sido. Con un libro de reglas o un manual de procedimientos, soy un genio. ¿Pero esto? ¿Ligar y tener sexo? Bueno, no tanto.

"Yo…, esto…, mejor regreso al trabajo". Aunque las palabras fueron para Jack, hablé con el respaldo del asiento enfrente de mí.

En mi vista periférica podía ver que él levantó su barbilla en reconocimiento, presionó el botón de su asiento para recostarse unos centímetros y volver a cerrar sus ojos. Solo podía verlo desprevenido. Él no estaba tan atontado como yo. No estaba avergonzado ni mortificado. No fue nada para él. *Yo* fui nada más que una diversión en un vuelo retrasado.

Para mí, eso fue lo más cercano que probablemente estaría de montar un vaquero en esta vida.

Cuando movió su asiento, desvié la mirada, asustada de que pudiera abrir esos ojos azul intenso y verme mirándolo. Después de ese incidente, no podía dejar que me atrapara escudriñándolo.

Enganchando el bolso con mis pies de nuevo, tardé media hora escribiendo lo que me faltaba del expediente. Con Jack durmiendo, pude olvidarme de mi torpeza y concentrarme, tranquila porque no habría servicio de internet o señal en el avión. Mi locura laboral estaba al mínimo, pero mi lista de pendientes brotaba en lo profundo de mi mente. Podría estar en una zona sin señal, pero eso no significaba que el mundo no se derrumbase a mi alrededor. Solo podía imaginar qué iba a hacer en cuanto llegara a Bridgewater.

3

ACK

"Y bien, ¿cómo te fue en el viaje?", preguntó Sam, lanzando su bolígrafo en el escritorio.

Nunca pude entender cómo un hombre podía trabajar en uno de esos lugares todo el día. Pero era mi primo, y eso lo hacía feliz. Pensé en Catherine en el avión y me di cuenta de que probablemente ella y Sam tendrían mucho en común.

"Sin novedades". Colgué mi sombrero en el perchero de la entrada, y me acomodé en una de las sillas de su oficina. Me había ido a Denver para vender un caballo cuarto de milla. Aunque no suele ser necesario conocer al vendedor en persona, a veces tenía que verlo cara a cara para cerrar el trato. Los arreglos para movilizarlo desde mi rancho hasta el que se encuentra en Colorado se pueden convenir por teléfono. "El viaje de regreso fue otra cosa, te digo".

Sam se recostó en su silla y puso sus botas en el escritorio antiguo. *Puedes sacar al chico del rancho, pero no al rancho del chico.* "¿Qué ocurrió? ¿Otra ave se estrelló contra el avión?".

"¿Qué?". Me di cuenta de que hablaba de un vuelo de hace

años cuando, en un despegue, un pájaro había golpeado el parabrisas del avión y los pilotos abortaron el vuelo. No fue divertido. Me podría reír de eso ahora, pero había quedado atrapado en un hotel en Denver por culpa de un maldito pájaro. "Carajo, no. Una tormenta esta vez, nos retrasó mucho, pero eso no es lo interesante. Conocí a alguien".

Las cejas rubias de Sam se juntaron y podía sentir el juicio emanando de su piel". ¿En serio? ¿A quién te llevarás a la cama esta vez?".

"No comiences con tus pendejadas sobre tener sexo sin ataduras, Sam. Ella se quedará en el pueblo por unos días y busca pasar un buen rato. Es de Nueva York. Me senté junto a ella en el avión. Hablamos durante el transcurso del vuelo. Prácticamente en el tiempo que estuvimos esperando una amiga de ella le envió un mensaje diciéndole que "se consiguiera un vaquero sexy con quién divertirse un rato".

¿Acaso una sonrisa burlona salía de la boca de Sam? "No entiendo cómo te las consigues, Jack".

"Me necesita. Su vagina me necesita, Sam. No puedo simplemente ignorarla". Me senté en la silla opuesta a la de mi primo en su grande y elegante oficina de abogado, y no pude quitarme de encima la mueca alegre en su rostro. "Primero, es sexy como ni te imaginas. Con curvas, rubia, y tan tensa que probablemente se desmaye la primera vez que la haga venir".

"No necesitaba los detalles". Sam estaba sacudiendo su cabeza, pero había risa hasta en sus ojos. Lo que era muy agradable de ver. No me había perdonado del todo por perder a la mujer con la que él quería que nos casáramos durante todos esos años, antes de que se fuera del pueblo. La dulce Samantha Connor. Para la fecha ella tendría dieciocho y era todo lo que Sam quería. Pero lo que él quería, yo la odiaba: inocente, cariñosa, dependiente. Necesitada. Me había sentido sofocado por lo cerca que Sam estuvo de proponerle casamiento. Maldición, yo tenía dieciocho. Había rechazado casarme con ella, ella lloró un río de lágrimas y se casó con los MacPhersons seis meses después. Sam dejó el pueblo dos semanas después de la boda y estuvo fuera por más de una década.

"Demonios, primo. Si alguien necesita que la cojan, es ella".

Sonreí, pensando en su portátil, su teléfono y los mensajes instantáneos y su buzón de entrada y..., carajo, las otras diecisiete cosas que probablemente hayan pasado por esa linda cabecita suya. Fue divertido verla tan intensa y seria. En el avión se me había casi parado desde que me senté y tuve que abrir el libro para cubrirlo. Cuando tuvo que ir al baño, disfruté de su trasero curveado mientras caminaba por el pasillo, lo que me la dejó dura como piedra. Tuve que sentarme ahí, ojos cerrados, pensando en baños públicos y cavidades dentales para bajarlo. Pero cuando me sorprendió de golpe y trató de subir por sobre los muslos, la imaginé enseguida montada con mi verga dentro de ella, subiendo y bajando, moviendo su cadera para venir mientras me cogía. No cabía duda de que sintió lo dura que la tenía por ella mientras saboreaba sus curvas entre mis manos, la sensación de la parte inferior de sus senos, sus muslos presionando contra los míos en el instante que ella saltó.

Mi verga se paró con solo recordarlo. Su cuerpo..., exuberante y redondo. Perfecta.

Ahora las cejas de Sam se levantaron. "Hace tiempo que no veía esa cara. ¿Tan buena está?".

Asentí y sonreí, visualizando la blusa de Catherine estirada por sus pechos, sus rulos rubios, el suave peso de sus muslos sobre los míos, su sorpresa al sorprenderla sentada encima de mí. "Sí. Así de buena".

Sam se inclinó hacia adelante y tomó una pelota de softball que tenía en el escritorio y empezó a lanzarla al aire. Formábamos parte de una liga de verano en el centro de recreación, y a Sam siempre le gustó tener las manos ocupadas. "Si es así de buena, entonces es mejor que una cogida rápida".

Meneé mi cabeza. "Yo iría más lejos por ella, pero solo quiere sexo. Mucho sexo. Lo necesita, de hecho".

Sam atrapó la pelota y me miró con ojos como platos. "¿Cómo carajos entendiste eso en el avión? Y no me digas que en realidad ella te lo dijo".

Estuvo a punto, jodidamente cierto, pero cambió de parecer. Había visto la raba tras sus expresivos ojos azules, y casi lo gemía con decepción cuando vi la fría y calculadora máscara que tenía para esconder su deseo. "Miré una ventana de chat que tenía con una amiga suya. Prácticamente le ordenaron que tuviera una aventura. Está divorciada y busca pasarla bien".

Sam entrecerró sus ojos. "¿Por qué necesitaría una aventura? ¿Qué rayos le pasa? Si es tan atractiva como dices, debería haber una fila kilométrica de hombres siguiéndola en donde sea que vaya".

"Nueva York. Y no hay nada malo en ella". Ella era un perfecto paquete pequeño y con curvas que me muero por volver a tocar. "Ella es simplemente una tipo-A enfocada únicamente en su trabajo de oficina. Tensa, conservadora. Una abogada, igual que tú".

"Ah, una de esas". Sam se había retirado de una lucrativa asociación en San Francisco, muy similar a la que Catherine tanto anhelaba, para poder vivir una vida tranquila en Montana. No más semanas de ochenta horas de trabajo con su práctica privada.

"Está muy tensa. Como podrías imaginar". Entrelacé mis dedos. "Por lo que pude ver del chat, diría que no lo ha hecho en mucho tiempo. Si nosotros le ponemos las manos encima, tal vez explote como una bomba".

"Espera. ¿Nosotros?"

"Sí, *nosotros*", le respondí. "Ella no es Samantha y yo ya no tengo dieciocho. Sé lo que quiero ahora".

Sam se puso tenso. No habíamos hablado de lo que había pasado en esos años. Era una herida abierta. Es decir, ¡carajo! Estamos hablando del maldito enorme elefante que hay en la habitación y no ha querido irse.

"Ella no era la indicada para nosotros", agregué, refiriéndome a Samantha. "No éramos los indicados para ella. Se casó con los MacPhersons. Vive feliz".

El pueblo de Bridgewater, Montana, fue fundado por los idealistas del matrimonio plural. Dos hombres o más, para una mujer. En 1880, cuando nuestro tatara-tatara-tatarabuelo llegó a los Estados Unidos desde Inglaterra, él —junto con unos cuantos soldados— establecieron Bridgewater como un refugio seguro.

Ellos creían en la costumbre de que dos hombres podían proteger y amar a una esposa. Juntos.

No conocía la historia completa, pero ellos habían servido en el pequeño —y ahora extinto— país de Mohamir que seguía esta costumbre; hombres que creían en compartir a una mujer. Protegerla, apreciarla y quererla de una forma en la que ella nunca se sienta sola era su único propósito. Si un esposo moría, ella tenía otro que la podía cuidar a ella y a cualquier hijo. Aunque varios extranjeros lo veían algo chauvinista, el estilo de vida había sido diseñado con la mujer en mente, con ella como el centro de cada familia. Tales principios impuestos por nuestros ancestros se mantienen hasta hoy en día. Aunque no todos en Bridgewater se casan de esta forma, era algo común y totalmente entendible. Sam y yo crecimos con ese ideal

—teníamos una madre y dos papás— y queríamos esa clase de matrimonio para nosotros.

Sam bajó sus pies al suelo con fuerza y se inclinó sobre su escritorio. "Jack...".

"Ya estamos grandes. Dejemos de actuar como idiotas sobre esto. Ya no se trata de Samantha Connor. Éramos muy jóvenes entonces. Tenía dieciocho malditos años y me afeitaba una vez cada maldita semana".

Pasé mi mano por la quijada, que estaba cubierta por la pesada barba de la tarde. "¿Qué sabría yo sobre tener una esposa?".

"¿Estás listo para una ahora?", preguntó mirándome fijamente.

"Sé que te fuiste por el problema con Samantha y también sé por qué volviste —para encontrar a *la indicada*. Es momento de encontrar nuestra novia".

Él pudo haber buscado una mujer en San Francisco y haberse quedado allá, casándose con ella. Pero no lo hizo. Él quería un matrimonio al puro estilo de Bridgewater. Simplemente no estaba listo aún. Ahora sí lo estaba, pero no habíamos conseguido la mujer adecuada.

"¿Y piensas que esta chica del avión es ella?".

"Claro que sí. Tan pronto se me lanzó en mis piernas en el avión, supe que iba a estar en mi cama. Y más".

Sus ojos volvieron a ser como platos. "¿Y acaso necesito saber por qué demonios ella estaba sentada en tus piernas en un maldito avión comercial?".

No pude hacer nada más que reír, reviviendo la imagen de la mirada petrificada —y caliente— de Catherine. Había tenido mis manos en ella, visto el destello de atracción y deseo en sus ojos. La quería tener otra vez sobre mis piernas, pero sin nada de ropa entre nosotros. Quería ser capaz de ver de qué color eran sus pezones, sentir el peso de sus senos en mis manos, verlos rebotar mientras se saltaba encima mío, mi pene enterrándose profundamente en su dulce vagina. *Mierda*.

La quería tener. Lo sabía desde el momento en que me senté a su lado y olfateé su clara esencia cítrica. Cuando sus ojos se encontraron con los míos, vi el deseo ahí. Sentí que fue inevitable. Como un relámpago caer encima de mí. Como si me cayera un cometa. No había deseado tanto a una mujer desde que era un mocoso de doce años. Y eso no había terminado bien. Pero Catherine era una mujer adulta con senos perfectos y buenas curvas en las caderas. Era algo pequeña, pero era toda una mujer. Suave. Curvada. Excitada. Oh, sí, he visto esa mirada en los ojos de otras mujeres antes. Ella había estado tan deseosa de mí como yo de ella. Pero ella entró en pánico y eso me apagó.

Ni siquiera le pregunté por su apellido. Rayos, no sabía mucho. Pero el condado de Bridgewater era una comunidad pequeña y ella venía para acá. Estaba seguro de que la encontraría.

Me ajusté el paquete en mis pantalones. De nuevo. Tener una semierección en las últimas cuatro horas me deja incómodo a la hora de sentarme, pero pensar en cómo se excitaría ella por sentarse en mis muslos en el avión tampoco me ayudaba.

"Eso lo empeora. La cogemos, ella consigue la aventura que quería y luego se regresa a Nueva York", respondió Sam. "La conversación con su amiga solo prueba que ella no se va a quedar".

"Carajo, hombre. Debes calmarte", le dije, meneando la

cabeza. Le dije miles de veces que se soltara un poco y las mujeres se lanzarían a él. Parecía que él estuviera más tenso que la mujer en el avión. He mantenido la esperanza de que una llegara y lo inspirara para soltar al luchador que sabía que se encontraba dentro de él. Pero no hubo mucha suerte.

Me apuntó firmemente con el dedo. "¿Quieres que me coja a una mujer que apenas conozco y me vaya así sin más? No es el estilo de Bridgewater, idiota. Quiero una mujer que podamos cuidar entre los dos. No simplemente 'sexo y hasta pronto'".

"Comienza entonces con ayudarme a encontrarla. Habla con ella. Te apuesto cincuenta a que solo te tomará una mirada para tenerla tan dura como una maldita roca".

Sacudió su mano barriéndome hacia la puerta. "Lo pensaré. Ahora saca tu maldito trasero de mi oficina".

"Solo hay un problema". No me levanté como él esperaba.

Sam me lanzó una mirada impaciente, en espera de algo.

"Basado solo en el chat, ella está en las andadas. Eso significa que podría escoger a cualquier sujeto solamente para conseguir su aventura. Si ella quiere sexo alocado…", levanté mi mano ante las cejas levantadas de Sam. "…Palabras de su amiga, no mías, entonces debemos asegurarnos de que seamos los hombres —y los únicos— que se lo demos".

Sam suspiró, y puso su mano en la nuca. No solo era dos años mayor que yo, también era más alto. Alto y ancho, había jugado fútbol en la secundaria y la universidad. Había querido salir del rancho toda su vida y yo solo agradecía que había regresado a Bridgewater para establecerse. Además de todo el fiasco con Samantha, hemos tenido malas experiencias con mujeres que o bien nos querían por dinero —el rancho no era pequeño y a Sam le fue muy bien como abogado— o por una aventura, interesadas en estar en el centro de un sándwich de los primos Kane.

Pero tenía un presentimiento sobre Catherine, una sensación de que ella podría amar ser tomada por dos hombres, de que amaría ser tocada, cogida y besada por nosotros dos. ¿Pero convencer a la tensa abogada neoyorquina de eso? Mierda. Eso probablemente iba a ser más difícil de lo que quería creer, y realmente necesitaba la ayuda de Sam. Él era el intenso, oscuro y reservado. Tenía la sensación de que Catherine iría por la reserva tranquila que mi primo podría ofrecerle antes de tener la oportunidad con un jugador como yo.

Sam colocó la pelota en su escritorio con el ceño fruncido. "Bien. Te ayudaré a conseguir a la Chica Avión. Pero ahora tengo trabajo por hacer. ¿Ya terminamos?".

Sabía cuándo dejar de presionar. Hasta que él conociera a Catherine, no podría ser capaz de convencerlo. Ella sí podría.

Me levanté para irme y lo saludé mientras me dirigía a la puerta. "Lo sé, lo sé. Ahora lárgate".

Por el momento, solo debía encontrar a Catherine y averiguar una forma de presentarle a Sam. Una mirada y estaba seguro de que él no querría quitarle la vista de encima. De ninguna manera. Llevar a Catherine a la cama con nosotros dos iba a ser más difícil, pero ninguno de los dos nos echábamos para atrás ante un desafío. ¡Y con un desafío tan sexy y encantadora como ella mucho menos!

4

"¿Y POR CUÁNTO TIEMPO TE QUEDARÁS EN EL PUEBLO?", PREGUNTÓ Cara Smythe. Había encontrado una nota con su número telefónico y la llave escondida bajo la alfombra de la entrada a la casa del tío Charlie cuando llegué.

Ella creció en la propiedad vecina, jugábamos cuando éramos niñas y venía de visita. La recordaba con el pelo rojo, pecosa y una bicicleta azul con serpentinas en el manubrio. Dios, cómo quería una bicicleta así, pero vivir en Nueva York —y con mis padres— no me permitía tener una o un cachorro o correr por los rociadores de agua una tarde calurosa de julio. Recuerdo a Cara sonriendo y feliz como siempre, ya sea saltando la cuerda o escondiéndose tras su hermano mayor y sus amigos. Sus padres eran igual de agradables y siempre envidié su cariñosa relación. *Mis* padres fueron lo opuesto —pasando Navidad en crucero por Europa en lugar de estar frente a un árbol— y recordaba desear en quedarme en Montana por siempre. En vez de eso, después del verano cuando cumplí doce, no regresé jamás. La vida continuó y Cara estaba casada y viviendo en el pueblo.

"Tengo un pasaje para el próximo miércoles, pero si consigo arreglar todo temprano, podría cambiarlo".

Me había detenido en el pueblo y había comprado algo de mercado y café para sobrevivir. La casa de Charlie está a cinco acres y dos millas del pueblo, y supuse que la alacena estaría vacía. Había supuesto bien.

No tenía sentido quedarme en un hotel cuando la casa era ahora mía. Bueno, al menos lo era oficialmente una vez que firmé los papeles. No era selectiva sobre dónde dormir —podía dormir hasta de pie— y quedarme aquí era una cosa menos que tenía que planear mientras intentaba salir de la ciudad. Me detuve en la cocina y era justo cómo la recordaba. Paredes amarillas, mostradores laminados naranjas y gabinetes de madera oscura. El linóleo de ladrillo falso cubría el piso. Fue como dar un viaje al pasado, especialmente sosteniendo el teléfono pegado a la pared, con cordel y todo. Mi teléfono estaba cargando al lado de la cafetera, pero completamente inútil sin recepción alguna. No tenía idea de que hubiera lugares en Estados Unidos donde no llegara la señal móvil. Claro, la cima de una montaña o en mitad de un desierto tal vez, pero estaba en el Condado de Bridgewater, Montana. No estará altamente poblado, pero *lo estaba*. ¿Acaso la gente aquí no usa teléfonos celulares?

"¿Por qué quieres irte tan pronto?", me preguntó.

Suspiré y miré el reloj de gallo sobre la chimenea extractora. Han pasado trece horas y ya lo sentía.

"Debo regresar a mi trabajo". Solo revisar mi correo mientras esperaba en fila en el centro de renta de carros hizo que me hirviera la sangre. El señor Farber no quitó a Roberts de mi caso. Lo que significa que mientras más tiempo esté fuera, menos oportunidades tenía de recuperarlo.

"No, no debes. Conozco a los tuyos, trabajando sesenta horas a la semana".

¿Sesenta? Prueba setenta y cinco.

"Es Montana, en julio", continuó hablando. "Vamos a divertirnos, como cuando éramos pequeñas".

Saqué una rebanada de pan y un poco de mantequilla de maní de la bolsa.

"Por Dios, Cara, ya no somos *tan* niñas y andar en bicicleta o subirme a un árbol no es lo mío ahora".

"¿Cuándo *fue* la última vez que montaste una bicicleta?", respondió.

Me puse a pensar. Probablemente fue en su bicicleta con serpentinas.

"Estás casada y yo..., bueno, soy adicta al trabajo".

Cara se puso a reír a través del teléfono. "Bueno, el primer paso es admitirlo. Por eso te dejé la nota, para que no te quedaras en casa trabajando. Y déjame decirte que casarse no es el final de la diversión". Esta vez hizo una risa más pícara. "Todo lo contrario, de hecho".

No tenía idea de hasta dónde llegaba su mente y eso me hizo sentir algo de envidia. Ella había tenido un hombre que la hizo reír con solo pensar estar con él. En cuanto a Chad, la rata de dos patas, fue una pérdida de tiempo y neuronas.

"¿Cómo sabías que estaría aquí?", pregunté, cambiando el tema.

Caminé hasta el refrigerador, metí la leche, y el cable telefónico se estiró hasta donde pudo. No había nada de comida en el refrigerador aparte de una caja de polvo para hornear, una botella de salsa de tomate y cinco latas de la bebida genérica favorita de Charlie. No estaba segura si era porque alguien se deshizo de la comida perecedera o no. Recuerdo que Charlie era un pésimo cocinero, así que era posible que no guardara mucho.

"¿Bromeas? Todo el mundo sabe todo lo que pasa aquí. Lamento escuchar lo de Charlie. Lo quería mucho. Me alegra que estés de vuelta".

Sí, Bridgewater no ha cambiado mucho desde que era pequeña. La calle principal estaba repleta de tiendas locales. Pasé por la oficina de abogados para saber dónde estaba, pero era difícil perderse en un pueblo tan pequeño. Las montañas estaban al oeste, así que no había manera de dar la vuelta. Mientras manejaba, todos los que iban en sentido contrario levantaban un dedo del volante como señal de saludo, ya fueran extraños o no.

Era una costumbre de Montana que había olvidado, pero que me gustaba. Me gustaba que la gente fuera amable, incluso con aquellos que no conocían. Esto no pasaba en Nueva York. Eran muy despiadados y apresurados, por lo que nadie se detenía para saludar a nadie. Nadie miraba encima de su teléfono. Pero en Bridgewater, las cosas eran diferentes. Cara, que no me había visto en… quince años, supo que regresaría y quería que nos reuniéramos ya. Fue sorprendente para mí. Inusual.

"Quisiera verte. Sal conmigo esta noche".

Pensé en la reunión con el abogado de Charlie mañana por la mañana, además de todo el trabajo que tenía para la oficina. Mi portátil se encontraba tan muerta como mi teléfono en la mesa de la cocina. Sin internet. Había buscado un cable o algo, cualquier indicio de tecnología moderna, pero el cable del teléfono que estaba pegado al muro —con un maldito cordel— era todo lo que me conectaba con el mundo exterior.

Podría hacerlo entrar en detalles sobre la venta rápidamente, pero no en una sola reunión. Además, debía vaciar la casa de cosas personales de Charlie listas para la venta. El hombre había vivido en esta casa por cuarenta años y se notaba. Tenía parte del trabajo hecho para mí. Gruñí mentalmente en cuanto añadí una tarea más a mi sobrecargada lista.

Aparte de vaciar la casa, no había nada más por aquí. Tenía que encontrar un café o algún lugar con internet para conectarme y trabajar. Tomé mi tiempo de vacaciones para venir para acá, pero no significaba nada. No existe tal cosa como *vacaciones* para aquellos que buscan asociarse. Todavía tenía trabajo que hacer o Roberts tomaría *todos* mis casos para cuando regresara. Solo podía imaginar cuán grande sería la montaña de correos. Revisé mi teléfono, buscando servicio. Nada.

"De acuerdo, ¿por qué no?".

Colocando la bolsa de café molido al lado de la cafetera, doblé la bolsa de papel y la acomodé entre el refrigerador y el mostrador junto con otras veinte.

"Genial. Nos vemos en *El Perro Ladrador* a las ocho".

"¿*El Perro Ladrador*?"

"Un bar al este de la calle principal. Sin excusas".

Miré la cocina y me di cuenta de que esto se pondría incómodamente callado para mí. No hay carros tocando la bocina, no hay sirenas policíacas. Ni siquiera luces en las calles. Una noche no me haría daño, en especial si lograba avanzar bastante con el abogado mañana. "Muy bien".

"¡Genial!". Pude escuchar el placer en su voz.

"Oye, Cara".

"¿Sí?".

Miré el reloj de gallo de nuevo. "¿Hay en el pueblo algún café con wi-fi?".

Si podía leer algunos correos y bajar la pila, me sentiría mejor pasando unas horas con Cara.

"Hay como dos, y estoy segura de que tienen conexión. Pero creo que ya deben estar cerrados".

"¡Pero si son las cuatro de la tarde!". Mierda. Cerrando el refrigerador con más fuerza de la necesaria, me pregunté por qué un café se mantiene en el negocio con un horario así.

"Creo que abren a las cinco de la mañana".

Cinco. Podía levantarme a las cinco. Estaba en la costa este de todas formas, y podía enviar un correo rápido a mi jefe antes de que llegue a la oficina. Después de eso, podía realizar unas horas de trabajo y llegar a tiempo a la reunión a las diez.

"Voy a colgar para que no cambies de parecer. *El Perro Ladrador*. Ocho en punto".

Después de dejar el teléfono en la base del muro, fui a la cafetera y agarré la taza para llenarla hasta el tope. Algunas personas sobreviven con chucherías. Yo sobrevivo con café.

5

ATHERINE

"Ya que la casa es tuya, deberías quedarte, al menos usarla durante vacaciones", dijo Cara mientras removía la pajilla en su bebida.

El Perro Ladrador era más una cervecería que un antro, con una pared llena de mesas de cabina, mesas altas y la barra tenía un espejo detrás de una reja de cobre. Los dueños hicieron un fantástico trabajo en asegurarse de que luciera como un salón del Viejo Oeste, pero sin los escupideros ni las mesas de póquer.

Me había unido a Cara y a su esposo, Mike, en una de las mesas.

Cuando recibí el primer correo del ejecutor de Charlie, reconocí el nombre de inmediato. Sam Kane.

Por Dios. *Sam* maldito *Kane*.

Me tomó por sorpresa, ya que era unos cuantos años mayor que yo, pero si él era uno de los pocos abogados del pueblo, era lógico que Charlie lo usara. Pero tenía que ser *Sam Kane*. Había sido mi enamorado de secundaria. Solía mirarlo furtivamente cuando se la pasaba con el hermano de Cara, Declan. Habían estado en la secundaria juntos y los recordaba a los dos, cuando estaba en casa de Cara, haciendo mucha comida para comer mientras veían películas.

Siempre fui la extranjera, visitando desde Nueva York, pero siempre estuve —¡ah! — con los brazos y piernas de gelatina por él. No había descubierto ningún producto para controlar mi cabello ondulado en ese entonces. Ni siquiera tenía senos. Como la amiga de una hermana menor, sabía que ni se darían cuenta de mí. ¿Por qué lo harían? El último verano que vine de visita tenía solo doce años. ¡Doce! ¿Qué estudiante de secundaria se interesaría en una niña de doce? Cuando dejé de volver a Bridgewater en verano, Sam Kane desapareció de mi mente.

Pero ahora..., ahora llenaba cada uno de mis pensamientos. ¿Estará tan lindo como recordaba?

"Tierra a Katie", dijo Cara con voz cantarina.

Parpadeé, regresando a la mesa con mi amiga y su esposo. Era raro escuchar ese apodo de nuevo. *Nunca* fui Katie para mis padres, pero siempre lo era cuando estaba en Bridgewater.

Mientras Cara era una pelirroja bajita con una piel suave y pálida, Mike estaba constituido como un apoyador de fútbol americano con la piel bronceada. Si no fuera por la rápida sonrisa y la mirada tierna que lanzó a su esposa, me habría sentido algo intimidada.

Le di vueltas a mi tónico de vodka sobre la servilleta. "No es mía aún. Debo firmar el acuerdo mañana".

"¡Como sea!", respondió Cara, agitando su mano. "Estos abogados y sus firmas oficiales. Muy bien, *será* tuya".

"Se siente raro *casi* poseer una propiedad lejos de casa", continué.

"Podrías hacerla tu casa. Con un inmueble así, sería más barato que vivir en Nueva York".

Casi estornudo mi trago. "*Cualquier cosa* es más barato que Nueva York", me limité a responder.

Mike sonrió.

"Vivo en una caja de cartón como apartamento, pero nunca estoy allá si no es para dormir".

Cara miró a su esposo. "¿Lo ves?".

Me pongo a mirar entre los dos. "¿Qué?", pregunté, algo preocupada.

"Trabajas demasiado", insinuó Cara. "Tienes que vivir un poco".

"¿Tienes novio?", preguntó Mike.

Me sentí sonrojada, pero esperaba que la falta de iluminación lo escondiera. Pensé en el tarado de Chad. "Tengo un exesposo y con eso me basta".

"No puedes dejar que un hombre lo arruine todo para ti". Me señaló Mike. "Eres joven, lista, hermosa. Quizás son los sujetos de Nueva York. ¿Cómo es que los llaman? ¿Metrosexuales?" tomó un sorbo de su cerveza. "¿Qué rayos significa eso?".

Cara y yo nos pusimos a reír.

"Yo creo que Sam Kane busca una socia", comentó Mike.

Lo miré fijamente, con ojos muy abiertos. "¿Una socia?".

"Ambos son abogados. Estoy seguro de que podrías encontrar clientes aquí más fácilmente que en una gran firma que apenas te permite dormir".

Mike era un ranchero, y aunque su horario se pasa en proveer ganado y demás tareas, su rutina era muy diferente de la mía. No tenía que viajar para trabajar. No tenía que trabajar en hora pico. Nada de fechas límite ni trabajar horas extras. Nada de mensajería instantánea, mensajes de texto de jefes mandones, ni buzones sobrecargados. Solo cielo azul y muchas vacas.

"Katie pensó que te referías a otro tipo de *socia*", aclaró Cara, formando una sonrisa burlona en su rostro.

Mike miró confundido a su esposa por un momento, y entendió algo tarde. "Bueno…, te puedo decir que garantizo a Sam, Katie".

"¡Qué bueno saberlo", murmuré, tomando un sorbo de mi tónico. Elaine quería que me soltara con sexo salvaje. Cara simplemente quería que buscara una pareja estable, y Mike actuaba de empleador. Ni siquiera he visto a Sam desde que tenía doce años y parecía como si mis amigos hubieran formado un comité que me daba un sello certificado para trabajar con Sam Kane, y lo más importante, cogérmelo.

"Perdón por la demora". Un joven atractivo y rubio llegó a la mesa, y se inclinó a besar a Cara..., en la boca... ¿Usó la lengua? Y ella lo dejó. No solo eso, *Mike* lo dejó.

¿Pero...? ¿Qué... demonios?

Mi trago estaba a mitad de camino en mi boca y me congelé, con mis ojos cambiando entre el Nuevo, Cara, Mike y de regreso al Nuevo.

El Nuevo le susurró algo al oído a Cara y ella lo miró adorablemente, como si fuera... Mike.

Mike le dio un suave codazo a Cara y los tres se quedaron mirándome.

"Te dije que no lo recordaría", dijo Mike.

Cara se echó a reír. "¡Deberías ver tu cara, Katie!".

Me sonrojé y me sentí como salida de alguna clase de chiste.

"Esto... sí, bueno...".

El Nuevo meneó la cabeza. "Soy Tyler, el otro esposo de Cara".

Mike y Cara se acomodaron para hacerle espacio a Tyler en la mesa. Se movió entre ellos, con Cara apretada en el medio. Tres cabezas: un moreno, un rubio y una pelirroja.

"Santo Dios", murmuré, y tomé un gran sorbo. Llamé a la mesera y le hice señas para otra ronda.

Cara siguió riendo e inclinó su cabeza a un lado. "Realmente no recuerdas, ¿o sí?".

"¿Qué? ¿Que tienes dos esposos?". Me acerqué y susurré lo último, asustada de que alguien pudiera escuchar. "Lo recordaría si me lo hubieras dicho. Te lo prometo".

Mike meneó la cabeza. "¿No recuerdas que Cara tiene dos esposos o que la mayoría de las mujeres de aquí los tienen también?".

"¡La mayoría de las mujeres no...!". Abrí la boca para discutir, pero luego la cerré. Con la cara arrugada, miré alrededor del bar, luego a las familias sentadas en el restaurante. Había muchas mesas con mujeres, niños y... dos hombres. No en todas las mesas, pero lo suficiente para tragar saliva. Fuerte. Por Dios. Volví a ver a Cara y a sus hombres. "Pero Cara, tus padres...".

"Recuerdas a mamá, obviamente, y a mi papá, Paul".

Asentí, puesto que había jugado en su casa muy

frecuentemente, hasta almorzaba ahí. El papá de Cara reparó la cadena de mi bicicleta una vez. Charlie me había comprado una bicicleta roja ese último verano.

"¿Conociste a Frank?".

"Sí".

"Él es mi otro papá".

"Tu otro... Él maneja tu rancho. Yo... pensé que él era el capataz". Recordé a los padres de Cara y al capataz, vagamente, y desde la perspectiva de una niña de doce años. Nunca los vi a los tres padres de Cara juntos, ahora que lo pienso, pero eso no significaba nada. Mis padres solo estuvieron juntos por cuestiones de trabajo o cenas de caridad, o al menos hasta hace poco. Empezaron a viajar juntos cuando estaba en la secundaria. En un crucero en el Mediterráneo, en tours de cata de vinos en Burgundy, en safaris en África. Sin mí. Siempre me había sentido como la rechazada, la falla. Ellos habían ignorado mi existencia lo mejor posible, haciendo tiempo en sus ocupados itinerarios para sentarse entre el público durante la primaria, y luego en la graduación de la universidad. Cuando me había graduado de la escuela de leyes, ellos habían estado en un crucero en las Bahamas, pero enviaron un correo felicitándome. Nunca los había visto tocarse o abrazarse o, francamente, actuar como si se quisieran entre sí. Cara y sus esposos me hacían sentir extremadamente incómoda, y para ser honesta, sentía algo de envidia.

Cara asintió. "Frank maneja el rancho. Pero es el rancho de *ellos*".

"Pero tú...". Apunté a ellos tres, que se veían muy cómodos con el tema. No bromeaban, no estaban otra cosa más que locamente enamorados.

"Si ves a tu alrededor, lo notarás. No solo en el bar. También en el pueblo".

Miré las otras mesas una vez más, fijándome en las otras mujeres, esperando notar un letrero en luces de neón sobre sus cabezas que dijera: *¡Tengo dos esposos!*

"Es ilegal", añadí, y me sentí mal. Meneé la cabeza. "Perdona, pero esto es una locura".

La mesera trajo las bebidas y me sentía a gusto de volver a llenar el vaso. Podía sentir los efectos del primer trago, y recibí el calor que se esparcía a través de mi estómago.

Después de tomar la orden de Tyler, la mesera y los tres volvieron a fijar su mirada en mí, en espera para responder mis preguntas. Y no se equivocaban. Tenía preguntas.

"¿Todas las mujeres se casan con dos hombres?".

Los tres menearon la cabeza en negación al unísono. Mike levantó su brazo y lo colocó en el espaldar detrás de Cara. Se sentía a gusto, cómodo. "No todas. Algunas se casan con solo un hombre. Otras se casan con tres. No es tan raro, solo es... normal para nosotros".

No estaba segura de cómo podía considerarse *normal* la poligamia, pero por la forma en que Mike y Tyler miraron a Cara, podía notar que eran felices.

"Sí, pero…". Entrelacé mis dedos, pensando en el sexo y cómo podía funcionar.

"¿Respecto al sexo?". Preguntó Cara, como si leyera mi mente. Sonrío con picardía, mirando a un hombre, y luego al otro.

"Con cuidado, nena", dijo Tyler, colocando su mano sobre la de ella.

"Iba a decir…". Lo miró astutamente. "…Que es asombroso. ¿Qué mujer no querría tener a dos hombres que cuiden de ella? ¡Deberías intentarlo!".

Cara se sacudió en su asiento, y sus mejillas se pusieron rosadas de la emoción.

"No es para todos", murmuró Tyler.

Me eché a reír. "Creo que necesito trabajar con un hombre primero. ¿Dos? Creo que sería pasarme un poco".

"Ya hay uno en la barra que te echó el ojo", dijo Cara, apuntando con la barbilla en aquella dirección.

Carentes de sutileza, todos volteamos a ver.

Lo reconocí enseguida, luego suspiré. "Ese no cuenta. Es tu hermano", le gruñí.

Cara ya estaba roja de tanto reír. "Aun así, te está mirando y quiere decirte 'hola'".

Volví a suspirar, y me moví en el asiento. "Un momento. ¿Él y otro hombre comparten una esposa?".

"Soltero", respondió Cara.

"Bueno. Iré a hablar con él y pediré la siguiente ronda".

Mike levantó su vaso, casi lleno. "Tómate tu tiempo. Si Declan no es el indicado, espera. Pronto estarás como una flor a las abejas, dulzura".

Le lancé una mirada dudosa a Mike.

"No hagas nada que yo no haría", dijo Cara entre risitas.

Apretada entre dos hombres, ambos siendo sus esposos, solo podía imaginar en lo que *había* hecho.

6

Mientras me acercaba a Declan MacDonald, pensé en lo que acababa de aprender. ¡Dos hombres! Cara se había casado con Mike y Tyler a la vez. Dios, ¿cómo podía eso funcionar? Obviamente había escuchado de tríos, pero aquello era como... algo que haces una vez, ¿no? Hacerlo con dos chicos atractivos, marcar esa fantasía realizada de la lista de cosas por hacer en la vida, y regresar al mundo real. Seguir las reglas. Encontrar un buen hombre. Echar raíces. Casarse. Pero Cara estaba *casada* con dos hombres. ¡Casada! Como para siempre. ¿Acaso duermen en la misma cama? O...

"¡Hola, pequeña!". Declan me agarró para darme un gran abrazo. Era tan alto como recordaba, pero estaba relleno. Con el mismo color de Cara, nadie podía dudar de que fueran hermanos.

"Dios, Declan, ha pasado mucho tiempo". Incluso siendo mayor, en la secundaria y cuando estaba con Cara y conmigo en alguna que otra ocasión, había sido siempre amable conmigo. Me había estado cuidando cuando mis padres no lo hacían.

Nunca tuve un hermano o hermana mayor cuando era pequeña, por lo que él había representado esa figura de hermano mayor.

Me empujó, puso sus manos en mis hombros y me miró completamente, luego frunció el ceño. "Un momento. ¿Sin anillo? ¿Qué demonios le pasa a la gente en Nueva York?".

¿Qué le pasa a todo el mundo estos días? ¿Por qué rayos todos están tan preocupados sobre mi estado como mujer soltera? Estaba divorciada, no muriendo de una enfermedad terminal. ¿Tan desesperada lucía?

Moviendo la cabeza a un lado, miré su mano. "No veo anillo en ti tampoco. ¿Es que no has encontrado una esposa... y otro sujeto con quién compartirla?".

Su sonrisa se disipó un poco y sus ojos se tornaron serios. "¿No lo sabías?".

Meneé la cabeza y me mordí el labio. "De hecho, no recordaba. O quizás era muy joven para entender cuando solía venir aquí. Me acabo de enterar, realmente". Mirando a Cara, sonreía ante algo que decían sus hombres, y sus rostros cercanos al de ella. Era obvio que estaban juntos. "¿No te molesta? Me refiero a Cara".

Declan me soltó, luego me hizo señas para sentarme en un asiento de la barra. "No quisiera pensar en Cara con cualquier otro hombre, pero Mike y Tyler son muy buenos con ella".

"¿Dos?".

"Es el estilo aquí en Bridgewater, y ha sido así por cientos de años. Incluso el lugar fue fundado con ese principio. Lo aceptan, incluso lo reciben con gusto. Nadie se divorcia".

"¡Pero son dos!" repetí, sacudiendo mi mano al aire. "¿Es en serio? ¡Ni siquiera es legal!".

"Escuché que te volviste una abogada". Como si eso justificara mi respuesta. "Solo uno de ellos se casa con la mujer. El resto es solo un acuerdo mutuo".

"Un acuerdo. No pude aguantar a mi ex, ¿qué te hace pensar que podría con dos?".

Declan sonrió. "Te sorprenderías, pequeña. Nos criaron para darle prioridad a la mujer por sobre todas las cosas. La protegemos, la cuidamos, la amamos. Toma la caballerosidad y multiplícala por diez. Cuando un hombre consigue a la mujer indicada, no hay marcha atrás. ¿Qué puedes decir sobre tu ex?".

Me puse a reír pensando en Chad. ¿Caballerosidad? ¿Protección? "Dios, no".

"Solo conseguiste al hombre equivocado. O a los *hombres*". Cuando me notó escéptica, continuó. "¿Te gusta la ciencia ficción?".

Me en cogí de hombros, confundida por el cambio de tema. "Claro". No podía recordar cuándo fue la última vez que estuve en el cine, pero visualizaba *Viaje a las estrellas* y los hombrecillos verdes.

"Es como un rayo de tracción. Cuando un hombre encuentra o pone la vista en una mujer, la atrae hacia ella. No titubea, ni duda al respecto. Nunca la engañará, ni queda indeciso. Es algo... poderoso. Miró hacia otro lado y ensanchó más su sonrisa. "Algo como eso".

Volteé a mirar y encontré un hombre que no reconocía acercándose a nosotros. Un extraño apuesto, viril e impactante. ¡Demonios, sí que es sexy! Saludó a Declan mientras se sentaba a mi lado, pero su atención no cambió ni por un momento. Con un corto "Dec", regresó su mirada intensa hacia mí.

"Saludos. Soy Sam Kane". Levantó su mano derecha como un ser humano perfectamente razonable.

¿Yo? Me congelé cuando el nombre se registró en mi mente... lentamente. *Sam Kane.*

Sam era enorme y ancho como un jugador de fútbol americano combinado con lo atractivo de un modelo de portada. Su nariz tenía una ligera curva, dándole un aire de peligro, o al menos la idea de que había tenido un par de peleas de bar. Su aspecto gritaba: "¡Vaquero!", pero su vestimenta era más corporativa que Carhartts.

Su saludo me pasó por la mente tan rápido como melaza fría por una pajilla. Sabía que se suponía que debía decir algo, pero, maldición, no podía ni recordar cómo hablar. Esto va más allá de mi irreparable encuentro en el avión con Jack, el vaquero apuesto. Sí, eso estuvo mal más allá de toda razón. Ahora estaba dos por dos de la vergüenza con hombres atractivos. Vaya racha la mía.

Sam Kane había sido lindo cuando tenía doce. Pero ahora, ¡Dios mío! Teletranspórtame, Scotty.

Con una risa y una mano protectora en mi hombro, Declan hizo la presentación. "Sam, ¿recuerdas a Katie Andrews desde..., Dios, ¿desde que estábamos en la secundaria? Katie, él es Sam".

Puse mi pequeña mano en su palma firme y finalmente recordé cómo respirar mientras él me apretaba. El hormigueo subió por todo mi brazo y esperaba que nunca me soltara. ¿Era éste el adolescente por el cual yo andaba en la luna entonces? Mierda, *ya no* era un adolescente. Era como una brocheta sexual con una cereza en la punta.

"Hola. Yo... Creo... ¿Tú eres el abogado a cargo de la propiedad de mi tío? Su nombre era Charlie Willis". Esa estuvo buena. No tanteé mucho.

Su mirada se estrechó y noté el análisis relámpago que lanzó desde sus ojos oscuros con una gran fascinación. "Sí, y tú eres mi cita de mañana a las diez".

Asintiendo, me fijé en la manera en que su cabello oscuro ondulado cubría toda su frente, en las firmes líneas de su rostro y en su fuerte mandíbula, hasta que mi atención aterrizó en sus labios. Se veían duros y firmes, y yo me puse a imaginar cómo sería besarlos. Sería agresivo, urgente, y dominante para mis sentidos.

Vaya. Mi mente se fue por el desagüe, ¿pero qué mujer podría culparme? Él me podría completar, hasta dejarme madura. Resultó que era... atractivo. Tiré de mi mano y me aclaré la garganta. ¿Qué tenían los hombres de Montana? ¿Había algo en el agua? ¿Hay algo mágico en tener aire fresco y luz de sol? ¿Será la leche libre de hormonas? Volteando a ver el bar, tomé un sorbo de mi trago e intenté recuperarme. "Sí, diez en punto. ¡Qué bueno volver a verte!".

¿Solo "bueno"? Volverlo a encontrar fue como si me dispararan con un paralizador en la entrepierna.

Volteándome para ver dónde estaba Declan, me sorprendió ver el asiento vacío. Me puse a buscarlo con la mirada, y lo encontré tomando mi lugar en la mesa de Cara, donde él, junto con Cara y sus esposos levantaron sus vasos en saludo, como si me dieran permiso para ligar con Sam. Sola.

Aparentemente, Sam también los vio. El suave sonido de su risa divertida hizo que se acelerara mi corazón. "Parece que me dieron permiso de invitarte un trago. ¿Qué dices?".

"Mi vaso está lleno, gracias". Sí, claro. Buena respuesta. Idiota. Sentí que me ardían las mejillas, pero no podía pasar por alto los hechos. Desde que vi a Jack en el avión, con su increíble masculinidad, una sonrisa de Playboy y un cuerpo duro como piedra me encontraba tan fuera de lugar que no tuve oportunidad de resistirme.

Respiré profundamente, y luego solté todo el aire. Podía hacerlo. Podía hablar con un hombre sexy sin actuar como una completa idiota. Tenía un título en leyes. Si podía defender un caso ante los jueces más despiadados, podía hablar con un chico sexy en un bar. Y no era cualquier chico, sino Sam Kane.

Quizás fue por lo ocurrido con Jack en el avión que decidí soltarme con Sam. La había estropeado con Jack —y a una escala épica— y ahora aquí con él. Y en el mismo día. Dios no pondría a este apuesto chico en mi camino para estropearla dos veces. Y en el mismo maldito día.

Dios, estaba vestido en traje azul y corbata. Su camisa color crema y pantalones de vestir planchados decían que era como yo, un duro profesional, un individuo dedicado que prestaba atención a los detalles. Añadía un aspecto de estrella de cine y el hecho de que actuaba interesadamente revolvía mi mente. Nunca he sido tan buena ligando ni tan suelta como cuando mi mente estaba trabajando.

"En traje y corbata. Y yo que pensaba que había venido muy bien vestida", le comenté. Yo llevaba una falda larga en un bar en Montana. Llevaba una falda con tacones de cuatro pulgadas en un bar. En Montana.

Y entonces me sonrió. Con esos dientes blancos y con esa pequeña curva al final de los labios, puedo decir que tenía húmedos mis pantis.

Mi teléfono celular empezó a vibrar en mi cartera. Resignada a lo inevitable, lo saqué de mi bolso. Deslicé mi pulgar en la pantalla, una, dos veces. Leí el correo. Los efectos del licor se habían ido y mi mente se volvió a encender, puesta a modo sobrecarga.

"Disculpa", le dije a Sam, pero tenía mis ojos en el teléfono y los dos párrafos referentes al trabajo no debían ser ignorados. No debí venir al bar, a perder el tiempo. Dios, ¿por qué no hay internet en la casa de Charlie? No debí haber perdido esto. Mierda, si tan solo pudiera tener este único asunto resuelto... le dije a Sam.

La enorme mano de Sam se embrolló en mi muñeca.

"Deja eso", murmuró en mi oído.

Negué con la cabeza, enfocada en el estado de mi caso, en el expediente que había que archivar, en el mandato. "No puedo. Es un correo muy importante y solo necesito…".

"Trabajar. Sí, lo sé. Soy abogado también, ¿recuerdas? Confía en mí, puede esperar".

Mi espalda se tensó cuando lo miré. Su oscura mirada estaba enfocada solamente en mí. Sin teléfono en sus manos ni con sus ojos en una maldita pantalla del tamaño de su palma. Él no estaba enfocado en su trabajo. Estaba enfocado en mí.

"No puede esperar. ¿Tienes idea de qué pasará en mi pequeño mundo mientras estoy sentada aquí contigo?" Levanté mi teléfono y meneé la cabeza.

"Claro que la tengo. Tu trabajo siempre está a nivel Alerta Máxima, lo que significa que estás movilizando tus tropas mentales para alguna clase de guerra sin cuartel contra el equipo enemigo. Prácticamente puedo ver el humo salir de tus orejas por pensar demasiado".

Guau. ¡Qué buen resumen! Sí, buena manera de resumirlo.

"¿Cuántos tragos has tomado?"

Fruncí el ceño. "Dos".

Me vio de pies a cabeza. "Y sigues presa del estrés. Deberías calmarte de una buena vez".

Ahora estaba molesta y me levanté. Solo porque viva en una mierda kilométrica de estrés no significa que mi trabajo no fuera importante para mí. Cara y esos hombres quizás dieron voto por

Sam, pero era un idiota. "Si yo fuera hombre me considerarían dedicado al trabajo en lugar de apresada por él. Mira, Sam, no necesito que me digas cómo hacer mi trabajo. O cómo vivir mi vida".

Volvió a mostrar su sonrisa. Bastardo engreído.

"Sí, sé que puedes. Y no estaba siendo sexista con mi comentario. Las mujeres tienen más cojones que la mayoría de los hombres, y tú haces el mismo trabajo en unos tacones muy sensuales".

"Pero…".

Sam me quitó el celular de mi mano, lo mantuvo en el aire para que solo llegara hasta él subiéndome en el asiento. Quería mi teléfono de vuelta, pero me rehusaba a tomar la carnada.

"Podemos discutir toda la noche. Sería divertido e incluso excitante, créeme. Pero son las nueve de la noche. Incluso es más tarde en Nueva York. El trabajo puede esperar".

Alcanzando su parte trasera, metió mi celular en su bolsillo posterior. Yo tenía la mirada fija en todo menos el bolsillo.

"Intenta sacarlo de ahí. Créeme, me va a gustar ver que lo intentes".

Otra sonrisa burlona. Bastardo engreído.

Entrecerré mis ojos.

Hizo giros con su dedo hacia mí. "Esta espinosa rutina de abogados puede espantar a la gente. A mí me parece excitante. Ese atuendo es tu armadura, ¿verdad? Vamos a bailar".

No me dio oportunidad de discutir más, solo me lanzó a la pista de baile y puso sus manos en mi pequeña espalda. Estábamos cerca. Muy cerca. Podía olerlo, y no tenía un aroma a colonia, sino a jabón, que daba una sensación del típico, puro y nada adulterado cuerpo masculino del campo.

Una palmada en mi trasero me hizo sobresaltar.

"Cálmate. De. Una. Buena. Vez".

Estreché mis ojos, lista para dejarlo inconsciente con un golpe seco y rápido.

"Esa mirada solo hará que te encaje un beso. *Baila*".

Tomé aire profundamente, y lo dejé salir. Tenía las manos de Sam Kane encima de mí, con sus pulgares rozando la parte superior de mi trasero. Y hablando de mi trasero, se sentía suave cuando me dio la nalgada.

"He matado gente con mis tacones antes", le advertí mientras comenzaba a moverme.

"No cabe duda de que tienes un mar de cadáveres por donde caminas". Movió sus caderas, deslizando sus piernas entre las mías, haciendo que mi falda se subiera hasta mis muslos. Prácticamente estaba montando mi muslo, que no se sentía tan mal, por cierto.

"El asunto es, muñeca, que eso también me excita".

Me puse a reír, tratando de cubrir mi creciente deseo. ¿Quién se imaginaría que discutir sería tan excitante? Y la nalgada causó un hormigueo en mi trasero y que mi vagina se chorreara. Mi libido estaba cantando, gritándome que presionara mi cuerpo contra el de él para quedar pecho con pecho y muslo con muslo. Quería que sus manos bajaran, para fijarse en mis nalgas. Quería pegar mi nariz en su cuello y llenar mis pulmones con su esencia sutil. Para ser totalmente honesta, quería su verga penetrándome hasta que olvidara todo y no tuviera que pensar en toda la basura que debía tratar en Nueva York. Quería olvidar el trabajo, la vida, y el tarado de la oficina quien, al parecer, estaba robándome clientes en este momento...

"Deja de pensar, muñeca, o te vuelvo a dar otra nalgada".

SAM

"Eres un tarado misógino", murmuró.

Mis manos la presionaron contra mí con mayor firmeza. Ella no podía evitar sentir mi verga, dura como piedra, tocar su vientre. Incluso con esos tacones asesinos, ella era pequeña. Bueno, ella no era del todo pequeña, ya que tenía unas jugosas curvas que se sentían increíbles en mis manos. Sus senos se aplastaban en mi pecho y juraría que podía sentir sus pezones endurecerse.

Viaje salvaje

No sabía por qué su actitud me la ponía dura, pero lo hacía. Ella no era tímida. Y tampoco era débil. Por los correos que hemos compartido sobre el testamento de su tío, su horario era de locos. Le había tomado un mes reorganizar sus citas para poder hacer este viaje. Tenía el pedal hasta el fondo y no parecía querer tocar los frenos. Eso me hacía querer ser el que la frenara.

"Vamos, muñeca".

La saqué de la pista de baile, cruzando el bar y bajando al pasillo que da con los baños, luego a una esquina que llevaba a la salida de emergencia. Las luces eran más tenues, y la música más suave. Aunque alguien podría venir a donde estábamos nosotros, nadie pasaría más allá de los baños a menos que hubiera un incendio.

La presioné contra el muro, con mis manos en su cadera manteniéndola en su lugar. Incluso con el brillo verde del letrero de salida de emergencia, podía ver sus ojos ensancharse.

"Un idiota, definitivamente, ¿pero misógino?". Negué con la cabeza, mirando sus labios partidos. "Amo a las mujeres. En especial a aquellas con más espinas que un cactus. Pero como te dije, necesitas calmarte de una buena vez, y soy quien puede hacerlo por ti".

"¿En serio? ¿Y cómo lo harás? ¿Un cupón para un masaje gratis? ¿Clases de Yoga? Ya lo he probado todo".

Volví a negar con la cabeza. "¿Yoga? Mierda, no. Aunque apuesto que te debes ver sexy en esos pantalones de licra. No, lo que me refiero es que necesitas correrte unas cuantas veces. Eso podría relajarte".

"Y supongo que eres el indicado para el trabajo".

"Absolutamente. E incluso aquí en este pasillo".

Ella pensó que no hablaba en serio. Pero claro que no. Ella necesita venirse en mi cara. Eso podría bajarle los humos considerablemente. Miró a su alrededor, pero estábamos totalmente solos. "¿Aquí? Ni hablar. No hago cosas como esas".

"Eso se nota a leguas".

"Puedes creer que sabes lo que haces cuando lo haces en una corte, pero ¿esto?". Ella sacudió su mano entre nosotros dos, aunque no le di mucho espacio para hacerlo. "Quizás necesitas buscar un cuaderno o algo. Esto no está funcionando".

¿Que no lo está? Apuesto a que sus pantis estaban mojados más allá del encaje. Estaba por averiguarlo, porque, aunque ella le guste estar a cargo, yo no iba a dejar que eso pasara.

"Te lo advertí, muñeca. Que no presionaras mis botones porque iba a presionar los tuyos". Deslicé una mano entre sus piernas y pude sentir el calor de su cuerpo a través de su falda y de sus pantis. Definitivamente, estaban mojados. "Y creo que voy a presionar… éste".

Le toqué su endurecido clítoris y ella jadeó.

"Te... odio", dijo, con una voz entrecortada.

"¿En serio? Tu coño se ve muy bien a mi parecer".

Ella meció sus caderas en mi palma y me rogó. "Por favor".

"Esa es mi chica", le murmuré, inclinándome hacia la tarea que tenía por hacer frente a mí.

7

CATHERINE

"¡Oh, Dios mío!" dije mientras el orgasmo se desvanecía y yo retornaba a la realidad. Rápidamente bajé mi falda, al tiempo que Sam se ponía de pie. Usando el dorso de su mano limpió su boca, la cual estaba, ¡oh!, mojada por mi excitación. Él me había hecho llegar con solo su lengua; bueno, y los besos atentos de su primo, el roce áspero de la barba de Jack, las sucias y obscenas palabras que susurró a mi oído. Mi vagina aún se estremecía con pequeños temblores de placer.

De pie —no, acercándose— ante mí estaban dos hermosos hombres que, juntos, me dieron el mejor orgasmo de mi vida. ¡Oh! Mi Dios.

Ambos estaban sonriendo con malicia, por supuesto. Idiotas.

Era totalmente inusual que le permitiera a un chico arrastrarme a alguna esquina trasera de un bar y luego dejarlo comerme el coño. Sí, eso nunca me había sucedido antes. Ni siquiera había fantaseado con ello. Ahora lo haré por el resto de mi vida. Ni siquiera me gustó Sam, pero estaba tan divinamente bueno, que de alguna manera me volvió loca: loca de lujuria.

"Me gustó tragarme los sonidos de tu placer, cariño", dijo Jack con una voz engreída.

Sentí mis mejillas arder del calor y no era por haberme corrido en la cara de Sam. No podía soportar su sensual mirada. Sabía que él me estaba mirando. Lo sentí.

Cuando Jack se acercó a nosotros, no le molestó el haberme atrapado en tan comprometedora situación. No, ni siquiera se molestó con su primo; más bien estaba ansioso por unirse. ¡Únete! Con su postura relajada, un hombro recargado contra la pared, no tenía idea de cuánto tiempo había estado mirando a Sam lamiéndome, o por cuánto había estado mirando cómo halaba y tiraba del cabello de Sam hasta hacerlo mover justo adonde lo quería. Estaba demasiado extasiada como para que me importase que él se nos uniera. Y cuando me besó, ¡oh, mierda! Jamás me había corrido de esa manera antes.

Sam le dio un codazo, mientras pasaba su lengua por su labio inferior. "Hice todo el trabajo".

"Claro, y tuviste oportunidad de probar su coño", se quejó Jack.

Sam sonrió con malicia. "Por supuesto".

"¿Son primos?" No se parecían en nada. Claro, ambos eran grandes, pero hasta ahí llegaba la comparación. Jack era rubio, mientras que Sam era moreno. Jack parecía el alegre y Sam el serio. El ranchero y el abogado.

"Lo entendiste. Nuestros padres son hermanos", dijo Sam. Alzó su quijada hacia mí. "Y tú eres la Chica del Avión. Jack me dijo todo sobre ti. Excepto que la Chica del Avión realmente era Katie Andrews".

"Katie Andrews, quien solía venir de Nueva York a visitarnos... ¡ah!, ahora todo tiene sentido", respondió Jack, pasando sus dedos por su mandíbula; yo podía escuchar el sonido áspero al pasarlos por su barba, incluso con la música tenue del bar. "Quería encontrarte y presentarte a Sam, Catherine, pero ya todos somos buenos conocidos".

Levanté mis manos y cubrí mis ojos. "Yo…, yo no puedo creer que acabo de hacer esto".

Sam dio un paso y se acercó, bajando el tono de su voz al de un susurro: "¿Qué? ¿Correrte por toda mi cara?".

Eso me sacó de mi vergüenza. Hice a un lado mis manos y entrecerré mi mirada. "Dios, eres tan ordinario. Necesito irme con Cara", susurré.

"¿Cara Smythe?", preguntó Jack. "Sí. Ella y sus hombres se fueron".

"¿Qué?" Mis ojos se abrieron. "' Ellos… ¿Se fueron?".

Jack apartó el cabello en mi cara. "Debieron pensar que estarías en buenas manos".

"Sí, las mías", dijo Sam, acariciando con la parte externa de sus dedos mi brazo. Lo aparté violentamente.

"Tú solo comenzaste algo temprano", añadió Jack. ¿Por qué tenían que estar de pie tan juntos? "Verás, cariño, he estado buscándote por toda la ciudad".

"¿En serio?", pregunté. ¿De verdad él ha estado buscándome?

Sam dio un paso atrás y Jack se acercó a mí, presionándome. Podía sentir cada centímetro de su duro ser, tal como había tenido a Sam cuando me arrinconó en el callejón sin salida del local. Tuve que levantar mi cabeza para poder mirarle a los ojos. "Sí. Si lo que quieres es sexo salvaje, soy el indicado para el trabajo".

"Salvaje…", susurré, luego presioné mi dedo contra su pecho, recordando lo que Elaine había escrito en sus mensajes en el avión. "¡Leíste mis mensajes en la laptop!".

"Cariño, tu amiga quiere que tengas sexo. Que cojas con un vaquero de Montana. Soy el hombre para ese trabajo".

Sam aclaró su garganta. "Nosotros somos los hombres adecuados para el trabajo".

Mi mandíbula cayó al suelo, giré mi cabeza para poder mirarlos a los dos. Ambos eran increíbles ejemplares de masculinidad. "¿Ustedes creen que yo simplemente debería saltar a la cama… con ambos? Yo nunca… Quiero decir, es…".

Jack miró a la izquierda, luego a la derecha. "Estamos en la parte trasera del pasillo de un bar e hiciste que Sam se comiera tu coño. Lo bueno es estuve aquí para tapar todos esos sonidos que hiciste, porque todo el bar se habría enterado de tu presencia y lo que hacías de no haberlo estado. Además, parecías estar de acuerdo con que yo me uniera a la fiesta".

Fruncí mis labios y le lancé una mirada que esperaba le hiciera retroceder.

"Guau, pero qué mirada". Jack se echó hacia atrás lo suficiente para que yo pudiera tomar una gran bocanada de aire.

Sam se echó a reír. "Sí, se suponía que el hacerla correr la amansaría un poco. Parece que no funcionó. Esa mirada asesina, muñeca, no funciona con él tampoco. Sabemos lo que tú quieres. Más orgasmos. Al demonio, los necesitas. Déjanos darte todos los que necesitas".

"No saben nada sobre mí", repliqué.

"Sé que tu sabor es dulce como el azúcar, y que te corres como en un sueño". Sam llevó su mano derecha a su boca, se chupó un dedo y luego el otro. "Eres rica y dulce entre mis dedos".

Quedé boquiabierta y casi vuelvo a correrme. Él no había hecho eso.

"Dulzura, quiero que me cabalgues tal como lo hiciste en el avión", dijo Jack. "Pero en mi cama y desnuda".

"Deja de llamarme así". No estaba segura de con quien estaba molesta: ellos o yo. No era su culpa que yo hubiera perdido la cabeza y hecho esas cosas con ellos. Estaba molesta conmigo misma por rendirme a los encantos de Sam, así como si nada, en vez de haberlo apuñalado con mis tacos de diez centímetros. Por supuesto, él estaba divino. Claro, él sabía exactamente qué hacer con esa lengua suya. Eso no quería decir que me rendiría así no más, ¿verdad?

Crucé entre ellos, bajé por el pasillo y estuve de vuelta en el área principal del bar; me apresuré a través de ésta y no miré a nadie —completamente atemorizada de que la multitud supiera lo que estuve haciendo— y llegué afuera al estacionamiento. El sol se estaba se estaba colocando sobre las montañas y el aire era más suave, fresco. Se sentía bien acariciando mi acalorada piel.

"Tienes miedo", dijo Jack a mis espaldas y me sobresalté.

Sacudí mi cabeza y contemplé la gloriosa puesta de sol. En lo único que podía pensar
—sinceramente ridículo— era por qué no estaba oscuro a las nueve en punto de la noche y no el hecho de haberlo hecho con dos hombres en la parte trasera de un bar. Mi mente gritaba "corre, corre", pero mi vagina decía "más, más".

"Debí saber que me seguirías", dije con un suspiro.

"¿Creíste que te dejaríamos caminar hasta tu carro sola? No sé cómo serán los hombres en la gran ciudad, pero aquí un hombre cuida de su mujer".

Giré sobre mis tacones. "Puedo cuidarme a mí misma", cruzando mis brazos sobre mi pecho, retándolos a mostrarse en desacuerdo.

Sam caminó lentamente hacia mí. "No lo dudaría ni un minuto. Pero, ¿por qué querrías hacerlo?".

Jack se colocó junto a Sam. Algunos clientes salieron del bar y caminaron a su carro mientras me quedaba callada hasta que las puertas de su vehículo se cerraron.

"Porque mi vibrador parlotea como ustedes dos lo hacen".

Sam se rio, burlándose de mi actitud desafiante. "Dios, amo a las hinchapelotas".

Mi teléfono celular sonó y Sam lo sacó de su bolsillo, mirando a la pantalla.

Di un paso al frente y traté de arrebatárselo. Sí, el imbécil se lo tiró a su primo.

Entré en pánico al ver mi teléfono sonando y no ser capaz de contestarlo. "Lo necesito".

Jack sacudió su cabeza. "No, claro que no".

"Podría ser Cara".

"No es el código local de Montana, así que quienquiera que sea, puede esperar".

"Quizás podría ser de mi trabajo".

"Y son las nueve, dos horas más tarde allá en el este. Pueden joderse". Jack lo deslizó por el bolsillo de su camisa.

Quedé boquiabierta, mirando como mi teléfono desaparecía.

"¿Sabes lo que está haciendo?", le preguntó a su primo.

"Sí". Jack cruzó sus brazos sobre su pecho, remedándome.

"¿Qué?", pregunté confundida. Ambos hombres eran implacables por sí mismos. Juntos, eran letales. "¿Qué carajos se supone que haré, además de recuperar mi maldito teléfono?". Golpeé mi zapato contra el pavimento.

Jack me chifló. "Lenguaje, dulzura".

"¡Chúpamela!".

Jack me observó por encima como si se debatiera sobre dónde hacer eso. Mis pezones se estaban endureciendo como si se ofrecieran de voluntarios.

"Te estás molestando, así que nosotros tomaremos la decisión por ti", dijo Sam, sacando unas llaves de su bolsillo. Un auto chilló en el lugar.

"Ustedes dos podrían ser asesinos con hachas". Obviamente lo dudaba, pero si lo eran, suponía que primero follaríamos y luego sí me rebanarían en trozos.

Jack sacó mi teléfono de su bolsillo y lo manipuló, colocándoselo luego al oído.

"¿Qué estás...?".

"Cara, oye es Jack Kane. Sí, tengo a Katie aquí conmigo. Estará con nosotros, así que si no sabes nada de ella mañana, no te asustes. Pasará la noche y dormirá con los chicos Kane".

Presionó un botón del teléfono y lo deslizó de vuelta a su bolsillo.

No pude más que reírme ante la osadía del hombre que tenía mi teléfono como un rehén. Y mortificada. "Oh, mi Dios. No acabas de decir eso".

Jack extendió su mano. "Vamos, dulzura. Te daremos una noche que tu amiga Elaine no creerá".

¿Qué tenía él, una visión más que perfecta para ver mi disposición tan claramente? "¿Entonces, tendré mi teléfono de vuelta?".

Sam se rió, sacudiendo lentamente su cabeza. "No te follaremos como intercambio por tu teléfono".

Arqueé una ceja. Si me rendía, ¿pensarían que soy fácil? Dios, después de lo que hice en el pasillo, la respuesta definitivamente era un sí. "Oh, ¿de verdad?".

"Te follaremos porque necesitas orgasmos", respondió Sam.

Jack asintió una vez, observándome de pies a cabeza. "Muchos".

JACK

BRIDGEWATER ERA LO SUFICIENTEMENTE PEQUEÑO QUE PENSÉ encontrar a Catherine tanto por mi cuenta, como usando ayuda. Solo que no pensé que la obtendría de parte de Sam. Y comiéndose su coño. Tampoco era la Chica del Avión. Era la pequeña Katie Andrews, pero crecidita. La recordaba vagamente desde hacía…, carajo, quince años atrás. Ella rondaba los doce años o algo así y jugaba con la hermana de Declan MacDonald. Estaba en la secundaria en ese tiempo y una pequeña niña no estaba en mi radar. Tenía mis ojos puestos en las porristas. Carajo, observaba a cualquier chica con tetas firmes. Era un adolescente cachondo y todo lo que quería era poner mis manos en algunas y follar. Tenía la mente fija en una sola cosa en ese entonces.

Ahora, con Katie Andrews —ya crecida— sentada entre nosotros en mi camión, todavía tenía la mente fija en una cosa. Ella. Quería poner mis manos en sus tetas firmes también. Ya había tenido un intento, cuando estuvieron en mi cara en el avión.

Tan solo la visión de ella perdida en su placer mientras cabalgaba la cara de Sam casi me hacía acabar en mis pantalones. Ella se veía hermosa, tan relajada y colorada, y aunque no me importaba que Sam la hubiera hecho colocarse de esa manera, deseaba ser yo quien lo hiciera. Debimos haber ido a la casa de Sam ya que quedaba en el pueblo, más cercana al bar. Pero yo la quería a ella en donde pudiera ser tan ruidosa como quisiera; no necesitaba a ninguno de sus vecinos llamando a la policía porque Katie era una gritona cuando se corría.

Ya que eran diez millas hacia el rancho, necesitaba mantener la mente de Katie enfocada en no echarse para atrás. Recordé como había estado en el avión: estresada y preocupada por el trabajo, pensando demasiado. No cabía la menor duda de que si ella tuviera licencia de piloto tendría su propio maldito avión para poder tener el control.

Mientras tuviera su teléfono y ella no supiera lo que estaba sucediendo afuera del camión, simplemente encendería ese tipo de mente inquisidora suya y empezaría a analizarlo todo, tratando de tomar el control otra vez. Eso no era jodidamente bueno. Cuando estrechó sus manos sobre su regazo y empezó a estrujarlas, sabía que estábamos aproximándonos a un problema. Necesitaba mantenerse ocupada y yo sabía cómo.

"Quítate la braga".

Sus manos se detuvieron y levantó su mirada hasta mí. "¿Qué?".

"Quítate la braga", le repetí.

"¿Por qué?".

Sam sacudió su cabeza y rió.

"Porque quiero ver tu coño. Quiero jugar con él de camino al rancho. Porque quiero que pienses en lo que te voy a hacer una vez que lleguemos allí". Y nada más.

"Nosotros", añadió Sam. "Lo que te haremos".

"Tú estuviste de cara y teniendo una vista personal de ese coño más temprano. Es mi maldito turno", le dije a Sam. No podía evitar el tono rudo. Lo único que había hecho era sentarse en mi regazo en el avión mientras que él había sido quien había recibido su orgasmo por toda la cara. No era justo. Podría martillar clavos con mi erección con solo mirarla; escuchar sus orgasmos fue casi suficiente para hacerme correr en mis pantalones. "Dulzura, quítate esa braga".

Aun con el cinturón puesto, fue capaz de menear sus caderas y deslizar la pequeña prenda por sus piernas hasta sacarla. Cuando la sostuvo en sus manos, se las arrebaté y la guardé en el bolsillo de mi camisa. Sentí la humedad en ella y un aroma dulce ascendió hasta mí. Carajo.

"No más pantis o seguiré arrebatándotelas".

Tenía una mano al volante y coloqué la otra en su muslo, levantando su coqueta y pequeña falda. Sam hizo lo mismo al otro lado y muy pronto su vagina fue expuesta. Gracias a Cristo por las carreteras rectas o hubiéramos caído en una zanja.

Solo un pequeño rastro de color permanecía en el cielo, por lo que únicamente las luces del tablero la iluminaban a ella. Podía ver que tenía un pequeño triángulo de vello en la parte superior. Sosteniendo su rodilla con mi mano, separé sus piernas. Ignoré su resoplido cuando vi que estaba mojada. Sus pequeños labios prácticamente brillaban con la pálida luz azul.

No me pude resistir y deslicé mis dedos adentro, pasándolos sobre ella también: húmeda y caliente como la seda. Mientras separaba sus labios y deslizaba un dedo adentro de ella, Sam encontró su clítoris.

Cuando Katie balanceó sus caderas hacia arriba y un grito gutural inundó la cabina del camión, Sam dijo: "Deja de conducir como una maldita vieja. Quiero correrme bien adentro de este coño caliente, no en mis pantalones".

Afinqué mi pie en el acelerador. "Ni en broma".

Para el momento en el que aparqué en frente de la casa principal, Katie estaba a punto de correrse —las paredes de su vagina contrayéndose alrededor de mis dedos— y tenía nuestras muñecas aferradas con una fuerza mortal.

"Sin correrse, dulzura".

"¿Qué?", lloró ella, respingando y frustrada. Su mirada oscura se elevó hasta la mía: confusión y pasión enfrentadas.

"Estamos a cargo ahora", le dije. De esa manera no había pregunta alguna en su mente que arruinara este momento. "Eso incluye tu placer".

"Nosotros decimos cómo y cuándo", añadió Sam, abriendo su puerta y bajándose.

Luego de bajarme del camión, volví a introducirme, la deslicé a ella por el asiento, la tiré sobre mi hombro, con su trasero al aire. Sam estaba delante de nosotros en las escaleras y le lancé las llaves.

"¡Jack! ¡Bájame!".

Sam abrió la puerta y yo la atravesé directamente al subir las escaleras.

Cuando ella comenzó a golpearme con sus pequeños puños, azoté su trasero. "Te bajaré, pero en mi cama".

"¡Jack!", volvió a gritar.

"Azótala otra vez. Le gusta", añadió Sam.

Al final de las escaleras, Katie se inmovilizó de inmediato y le di a mi primo una mirada con los ojos bien abiertos. Su única respuesta fue una sonrisa rápida y maliciosa. Deslizando mi mano hacia arriba de su muslo, levanté su falda para que cayera sobre su espalda, exponiendo un hermoso trasero. Pálido y voluptuoso. Azoté una nalga, luego la otra.

Ella se sorprendió y chilló mi nombre otra vez, esta vez con un poquito menos de rabia y mucha más calentura. Frotando mis dedos sobre su vagina le dije: "Te gusta cuando tus hombres se hacen cargo, ¿no es así, Katie?".

Podía sentirla sacudiendo su cabeza contra mi espalda. "No. Estás loco. No me gusta ser maltratada de esta manera".

Sam encendió las luces y yo dejé caer a Katie sobre mi cama. Ella rebotó una vez y rápidamente se acomodó sobre sus rodillas.

"Puede que estés a cargo del tribunal, hagas correr en círculos a los hombres en tu oficina con agravios y declaraciones, pero tú necesitas que tus hombres tomen el control en la cama".

No tenía ni puta idea de qué era un agravio. Estúpido papeleo de abogados, pero él tenía la razón en lo demás. Ella necesitaba dejarse llevar, olvidarlo todo, apagar esa mente brillante. Si eso implicaba azotar su trasero y amarrar sus muñecas a la cabecera de la cama, entonces eso sería lo que haríamos. "Puedes resistirte; puedes pelear con nosotros todo lo que quieras, dulzura, pero tu coño jamás miente".

Le sonreí mientras lamía su humedad de las yemas de mis dedos. Sus ojos se abrieron y quedó boquiabierta. Sí, dulzura pura.

A mi lado, Sam comenzó a desabotonar los botones de su camisa, mientras se sacaba un zapato de uno de sus pies, luego el otro.

"¿Te gustó el orgasmo que te di, Katie?", preguntó Sam, halando las puntas de su pantalón.

Ella asintió, moviendo sus ojos para observarlo desvestirse.

"Buena chica", le dije, aliviado de que no se iba a sentir avergonzada ahora. "No hay vergüenza en lo que hiciste; lo que hicimos. Así es como irá la noche: te vamos a desnudar, luego vamos a joder hasta el último pensamiento de tu cabeza, aparte de mi nombre y el de Sam".

Agarré el frente de mi franela y la halé, mientras los broches sonaban uno a uno.

"Y si empiezas a pensar otra vez, vamos a azotar tu trasero y te volveremos a follar otra vez".

"¿Alguna vez estuviste con dos hombres, muñeca?", preguntó Sam.

"No", susurró ella.

"Entonces, boca arriba y abre esos muslos. Vamos a ver ese coño perfecto tuyo".

Sí, éramos mandones. Sí, ella odiaba que le dijeran lo que tenía que hacer, tener que darle el control de sí misma a dos hombres; nos dimos cuenta por la manera en que estrechaba su mirada como diciendo jódanse. Pero le encantaba también porque no dijo ni una sola palabra; solo se acostó en mi cama, dobló sus rodillas y abrió sus piernas ampliamente.

No solo tenía la más perfecta y rosada vagina, sino que ese pequeño triángulo de vello recortado que apuntaba a la tierra prometida era la prueba de que ella era una maldita rubia natural.

8

Cuando Elaine dijo que ella quería que yo follara con un vaquero, probablemente no tenía esto en mente: yo, con mis piernas abiertas, dos vaqueros altos y corpulentos de pie ante mí, contemplando mi vagina. Era como si ellos estuvieran mirando al maldito Santo Grial.

"Está demasiado vestida", comentó Sam. Él se fue para un lado de la cama, Jack hacia el otro trepándose en ella, quitándome lentamente mi blusa, sostén y falda. Dudé que volviera a ver mi braga, aquella guardada en la franela de Jack en el suelo.

"¿Qué hay de ustedes?", ya que mientras yo estaba desnuda, ellos aún estaban vestidos.

Les tomó segundos desnudarse por completo y yo no podía decidir en qué dirección mirar. A mi derecha estaba Sam, a mi izquierda Jack. Dios, dos vaqueros desnudos.

Sam moreno en todas partes. O se bronceaba desnudo o tenía ese tono de piel naturalmente. Tenía un poco de vello en su pecho que se estrechaba en una línea delgada bajo su ombligo y seguía directamente hacia el vello de la base de su pene: su muy grande y muy erecto pene.

Y estaba Jack. Tenía una cantidad justa de cabello, como si hubiera sido blanqueado por el sol. Él, también, tenía vello en su pecho, pero era más oscuro que su cabello. Su pene era más grueso que el de Sam y una gota de líquido seminal rezumaba de la punta. No estaba segura si podría meterme esa ancha cabeza dentro de mi vagina, ni hablar de mi boca.

Pero salivé ante la idea de intentarlo.

Quizás él era alguien que lee mentes porque me llamó con uno de sus dedos y yo gateé por la cama hacia él. Miré hacia arriba para verlo a través de mis pestañas, mientras su pene se balanceaba frente a mi cara.

Él lo tomó desde su base, y lo acarició una vez. "Esto es todo para ti. Ese líquido es tuyo. Lámelo".

Su voz era gruesa y dominante y supe que no estaba a cargo aquí. Ya no tenía el control por primera vez en… Jamás había estado de acuerdo con ello. No necesitaba pensar, no necesitaba preocuparme de nada. Íbamos a ir a lugares, esta noche, a los que solo había soñado, y quizás más allá de ellos. Necesitaba dejarlos guiarme. Si él quería su pene en mi boca, eso estaba bien para mí.

Mientras él sostenía su pene por mí, lamí la cabeza como a una paleta, y sentí el penetrante sabor de su fluido empapando mi lengua. Él gruñó y me hizo sentir poderosa. Abriendo grande mi boca, tomé la cabeza dentro de ella. Era grande. Demonios, no podía tragármelo todo. Había escuchado sobre mujeres que introducían el pene de un hombre hasta su garganta. Eso no iba a suceder con Jack.

Sentí la cama hundirse detrás de mí y la mano de Sam acariciarme por mi espalda. Suspiré y cerré mis ojos antes la divina sensación. Una palmada fuerte en mi trasero hizo que abriera mucho mis ojos.

"No dejes de chupar la verga de Jack, muñeca".

Me lo saqué y miré por encima del hombro a Sam. Él sonrió mientras deslizaba su mano desde el punto en donde me había nalgueado y que acariciaba, hasta mi entrepierna. "Esa mirada te hará ser follada".

No creía posible estar más mojada, pero podía sentirlo en mis muslos, oír el sonido de ello mientras los dedos de Sam seguían moviéndose. Moví mis caderas, empezando a cabalgar sus dedos, pero él me volvió a nalguear.

"Oh, no, no lo harás. Chupa la verga de Jack, muñeca, y te daré lo que necesitas".

Mirando a Jack otra vez, vi que sus ojos estaban entornados. Tomó mi mano y puso mis dedos alrededor de su pene. Lo sentí palpitar bajo mi palma, tan grueso, tan suave como la seda, pero duro.

"No debería desear esto", dije. ¿Era esa mi voz?

"Pero sí lo haces", respondió Jack.

Sacando mi lengua, lamí otra gota reluciente y la dejé humedecer mi lengua. "Lo hago".

Metí su pene lo más profundo que él podía ir, apretando mi puño al mismo tiempo. No era la mejor en esto, pero quería creer que mi entusiasmo enmascararía cualquier falta de habilidad. De hecho, Jack gimió; parecía estar funcionando.

Sam se movió en la cama. Escuché que una gaveta se abría y el sonido de papel aluminio arrugarse, antes de que su mano sostuviera mi cadera, manteniéndome quieta mientras su pene se deslizó entre mi humedad, presionando contra mi entrada, y luego metiéndose profundamente en un solo movimiento lento.

Carajo, la sensación de él abriéndome grande y llenándome tan profundo fue increíble. Me retorcí, desacostumbrada a semejante penetración mientras gemía sobre el pene de Jack. El placer, caliente y vívido, hizo que mi piel hormigueara, que mi clítoris palpitara.

Los dedos de Jack se enredaron en mi cabello, guiándome a tomar su pene como él quería.

Sam no se movió, manteniéndose perfectamente quieto mientras yo cerraba mis ojos y disfrutaba la sensación que el grosor me daba. Que ambos me daban: estaba empalada por el frente y por detrás y no quería estar en ninguna otra parte.

"No voy a aguantar", dijo Jack.

"Mierda, no me moveré, muñeca, para dejar que te acomodes a mí. Estoy a punto de explotar. Nos has transformado en adolescentes lujuriosos".

Contraje mis paredes internas, sintiéndolo, entendiendo cómo se ajustaba a mí. Sam gimió y me volvió a nalguear. Contraje aún más fuerte.

"¿Quieres correrte, muñeca?", preguntó Sam, comenzando a mover su pene. Adentro. Afuera. El ritmo era ridículamente lento, pero cada terminación nerviosa en mi vagina fue frotada a la perfección. Sus dedos se aferraron a mis caderas, sosteniéndome tal como él quería.

No podía hacer nada por ello. Por supuesto, podía decirles que no y sabía que se detendrían, pero eso no era lo que yo quería. Quería que él se moviera más.

No podía asentir con mi cabeza mientras chupaba el pene de Jack, así que emití un sonido cercano a un sí.

Jack gimió.

"¿Qué fue eso?", preguntó Sam.

Saqué el pene de Jack y miré sobre mi hombro. "¿Quieres tener una conversación ahora?".

"¿Dime por qué deberías correrte?".

"Mierda, Sam, quiero tener mi verga en su boca", se quejó Jack.

El pene mágico de Sam tocó algún lugar en lo profundo que me hizo arquear la espalda y gimotear de placer. "Ahí. Justo ahí otra vez, por favor". No iba a suplicar. No ahora.

Sam se quedó quieto. "Oh, no. Dinos por qué deberías correrte, muñeca".

"Porque... Porque soy una buena chica", respondí, sin aliento.

Yo era una completa perra. ¿Qué carajos estaba haciendo con dos hombres? Un pene en mi boca y otro en mi vagina. ¿Qué estaba haciendo retorciéndome y gimiendo, suplicando y hablando de sexo? Chad nunca hizo nada de esto. La mano de Jack cubrió la mía sobre su pene y comenzó a pajearlo, lento al principio, luego más fuerte y mi ex fue olvidado. Obviamente, había estado con un perdedor que no sabía usar su pene, porque

Sam estaba logrando que me corriera y ni siquiera se estaba moviendo. Entonces Jack...

"Saca tu lengua", me dijo. Levanté la mirada hasta él y vi la dulzura en sus ojos que contrastaba con la tensión en su mandíbula y las líneas de músculos en su cuello. Su pene estaba justo frente a mi boca: una ciruela oscura y brillante frente a mí.

Era obsceno, pero lo deseaba. Lo quería todo así que hice lo que Jack pedía.

Coloqué la punta de su pene en mi lengua; él gimió. Gruesos chorros de su leche salieron disparados hacia mi boca abierta y humedecieron mi lengua. Mantuve mis ojos sobre él todo el tiempo, gozando con la visión de sus ojos cerrados con fuerza y su piel enrojecida. Sus labios formaron una línea delgada. Exhaló profundamente. Lo había reducido a puro placer y él había otorgado la prueba de ello en mis papilas gustativas.

Cuando su pene se hubo vaciado, se echó para atrás.

"Muéstrale a Sam".

Jack era un sucio. Lo que me estaba haciendo hacer era tan indecente, pero que hizo me mojará aún más. Giré mi cabeza y miré sobre mi hombro.

Sam vio la semilla de su primo en mi boca. "Tienes razón. Eres una buena chica. Traga, dulzura".

Cerré mi boca y eso fue lo que hice: pasar el sabor salado y agrio de Jack que impregnaba mi lengua y llenaba mi estómago. Nunca antes había tragado, jamás lo había disfrutado. Pero con Jack y con Sam mirando, me gustó.

Jack estiró el brazo, tomó mi quijada, giró mi cabeza hacia él para que pudiera mirarlo. Con su pulgar, recogió una gota perdida de semen en el borde de mi boca. "Abre".

Lo hice y deslizó la punta de su pene otra vez adentro.

"Límpiame". Lamí la inflamada cabeza hasta dejarla limpia. No había pérdida con el placer en su mirada o la manera en que su pene aún estaba tieso.

Sam se inclinó sobre mí, colocó su mano junto a la mía en la cama. Su cálido cuerpo presionaba contra mi espalda y el suave vello de su pecho causaba cosquillas en mi piel sensibilizada.

"Cambié de opinión. No eres una chica buena; eres muy, muy

traviesa", murmuró. "Te acabas de tragar el semen de Jack, mientras mi verga llena tu pequeño y apretado coño. ¿Crees que deberías correrte?".

"¡Sí!", chillé.

Él lamió el pabellón de mi oreja, y me siseó luego. "Tienes permiso de correrte porque te encanta mamar verga. Te gusta tener dos hombres al mismo tiempo". Azotó mi trasero y sentí la cálida punzada que me hizo rezongar; especialmente, cuando me dolió más, hizo que mi clítoris palpitara. "Te gusta ser nalgueada".

"¡Sí!", repetí. Me gustaba.

Alzándome, Sam me colocó de tal manera que terminé a horcajadas sobre sus muslos, con nuestras rodillas dobladas. Estaba sentada en su regazo con su pene incrustado bien adentro. Me mantuvo en mi lugar con sus manos en mis senos, Jack en frente de mí.

"Jack va a ver cómo te corres".

Colocando una de sus rodillas en la cama, Jack sacudió su cabeza. "No solo mirar. Voy a ayudar".

Estiró su mano entre mis piernas y golpeó mi hinchado y sensible clítoris.

"¡Oh!", grité, tratando de mover mis caderas. No podía. Sam me apretaba muy fuerte. El sudor empapaba mi piel. El aroma del sexo revoloteaba a nuestro alrededor; profundo y carnal. Esto no se parecía a nada que... Jamás haya hecho antes.

Sam comenzó a levantarme y dejarme caer mientras impulsaba sus caderas hacia arriba, follándome. Su tiempo de mantenerme prisionera había pasado. Su empeño en correrse era fiero y me poseyó con fuerza, pellizcando y halando mis pezones mientras lo hacía.

Con su boca en mi cuello, Sam gimió. Sentí cómo se engrosaba y alargaba en mi interior antes de correrse. Estaba justo ahí con él, tan caliente, tan necesitada, tan lista para rendirme ante mi propio placer, pero no podía hacerlo. No podía alcanzarlo, aun cuando traté de mover mis caderas. Lloré en partes iguales por la necesidad y la frustración.

"Katie", dijo Jack.

Abrí mis ojos, levanté la mirada hasta él, gimoteé.

"Córrete ya".

Pellizcó mi clítoris, duro. Debí haberlo odiado; debió haberme aturdido que él hiciera algo tan doloroso. Resultó que no fue tan doloroso después de todo. O fue el más exquisito placer doloroso que había sentido, y me corrí. Grité, mientras mi cuerpo ordeñaba el pene de Sam, tratando de hacerlo meterse en profundidades imposibles de mi ser.

Él jadeó al tiempo que su placer declinaba, manteniéndose en mí tan adentro, que seguramente Jack podía sentirlo con la palma de su mano en mi vientre.

Jack me tomó en sus brazos mientras Sam sacaba su pene de mí, arrancándome otro gemido. Jack me haló hacia su lado en la cama, con mi mejilla descansando sobre su pecho y un brazo sobre su cintura. Sam se había ido al baño de la habitación a botar el condón, pero regresó rápidamente y se acostó detrás de mí. Aún estaba entre ellos y me sentí... Bien usada, bien follada y protegida.

Mis ojos se sentían muy pesados como para abrirlos, mi cuerpo muy saciado como para no hacer más que espirales con mis dedos en el vello del pecho de Jack. No podía pensar en ninguna razón que no fuera que lo que acabábamos de hacer fue una mala idea. Supe que los pensamientos saldrían a flote eventualmente, pero no ahora.

Sam besó mi hombro. "Duerme, muñeca. Lo vas a necesitar".

9

AM

Tal como esperaba, cuando el sol salió, también lo hicieron todas las murallas de Katie. Jack solía levantarse antes de despuntar el alba, y estaba en la cocina cuando Katie tropezó de la cama por café. Me había despertado cuando ella también lo había hecho, y la seguí pronto. Me sentí libre y relajado de una manera que no había sentido desde hacía mucho. Una manera que solo varios orgasmos podían lograr. Jack tenía la misma sonrisa come mierda que sabía tenía yo mismo.

Cómo Katie estaba caminando adecuadamente, especialmente en esos tacones ultra altos, estaba más allá de mi comprensión. Después de follarla la primera vez, nos tomamos un pequeño descanso antes de que despertase con la cabeza de Jack enterrada entre sus muslos. La habíamos poseído de unas cuantas maneras creativas —con excepción de al mismo tiempo — hasta que se desmayó del cansancio.

"Café", balbuceó, parándose al lado de la cafetera y esperando a que Jack le sirviera en una taza. Se aferró al pocillo como si fuera un salvavidas y aspiró el delicioso aroma antes de tomar el primer sorbo.

"Necesitas...".

Levantó su mano, interrumpiéndome, mientras mirada el hilo de vapor saliendo de su bebida. "No se habla hasta que tome mi café".

Asentí lentamente, y tomé la taza que Jack me daba. Él sonrió y observamos a Katie tomar su café, toda desarreglada y pareciendo bien follada.

Debió haber sido un silencio incómodo, tanto que el cerebro de Katie no se encendió sino hasta después del café —algo que recordar— o no le molestaba para nada el haber compartido dos hombres anoche. Cuando colocó su taza vacía en el mesón unos minutos después, parecía ser un poco por ambas razones.

"¿Supongo que no tendré mi braga de vuelta?", le preguntó a Jack, con un tono de voz como el de una bibliotecaria severa, otra vez.

Mierda. Mi pene se engrosó en mis pantalones al darme cuenta que ella no estaba vistiendo nada debajo de esa linda falda.

Jack sonrió y lentamente sacudió su cabeza. "Nop. Y, como dije anoche, si te las pones en nuestra presencia, seguiremos quitándotelas".

Quedó boquiabierta, pero la cerró rápidamente. Entrecerró sus ojos. Ahí estaba esa mirada. Dios, amaba esa mirada: fulminante y en completo control. Quise llevarla arriba y borrarla de su rostro. ¡Nah!, podría inclinarla sobre la mesa de la cocina.

"¿Y mi teléfono? Si vuelvo a ver a alguno de ustedes, ¿tendré que entregar eso también?".

"No sé cuándo". Jack se cruzó de brazos y no sonrió. "Dulzura, podemos controlarte en la cama, pero no hay ninguna maldita manera de que querramos controlar tu vida. No podría hacer malabares con tantas pelotas si estuviera en el circo".

Ella abrió su boca para hablar, pero Jack la interrumpió. "Pero, si estás fuera del horario laboral y sigues partiéndote el trasero, entonces la respuesta es: carajo, sí tomaremos tu teléfono".

Viaje salvaje

Katie estiró su mano y golpeteó con sus pies el suelo de la cocina insistentemente, esperando.

Jack sacó el teléfono del bolsillo de su franela —él era el único de nosotros que vestía ropa limpia desde que estábamos en su casa— y se lo entregó.

Girando sobre su tacón, ella salió de la cocina cabizbaja, con sus dedos deslizándose sobre la pantalla. Sus tacones hicieron clic sobre el piso de madera hasta la puerta del frente, mientras ella comenzaba a hablar consigo misma.

Miré a Jack y solo sonrió, sacudiendo su cabeza una vez más. "Habla consigo misma cuando está estresada".

"¡No hay señal aquí!", gritó ella, con una voz mezcla de rabia y pánico al mismo tiempo. "No puedo revisar mi correo electrónico, ni mensajes de texto, ni buzón de notas de voz. Son más de las nueve en Nueva York. ¿Tienes alguna idea…".

"Mujer", le grité, colocando mi taza sobre el mesón de granito. "Relájate de una puta vez y te devolveré a la civilización".

"Las llaves del camión están por la puerta. ¿Esta noche?", preguntó Jack antes de que yo saliera de la cocina.

Sonreí. "Desconectarla del mundo va a ser todo un acontecimiento nocturno".

"¿Vamos a pretender que lo de anoche no sucedió?", pregunté.

La había llevado de vuelta hasta donde estaba su auto rentado, en el estacionamiento del bar y me aseguré de que arrancara en dirección a la casa de su tío, antes de dirigirme hacia la oficina. Tres horas más tarde, mientras ella se sentaba frente a mí en mi escritorio, ya no tenía ese aspecto desordenado de "acabo de tener sexo", el cual era terrible. Me gustaba mucho más su cabello recogido hacia atrás en una colita —una que amaría agarrar mientras la follaba por detrás… otra vez— y otra remilgada blusa y falda. Sus tacones ya no estaban y, en su lugar, llevaba un par de zapatos planos morados. Jamás había visto zapatos de ese color en Montana antes.

Ella levantó su cabeza de los papeles que tenía frente a sí para mirarme. "Estoy leyendo documentos legales. ¿Quieres que jadee sobre ellos?".

Mis cejas se levantaron, y no pude evitar sonreír. "Eso, definitivamente, lo haría mejor".

Ella entornó sus ojos y volvió a la lectura. Mientras su teléfono celular estaba sobre el escritorio, frente a ella, lo había puesto en modo silencioso al sentarse sabiendo que, como este no era su trabajo, era la razón por la que había volado a través de dos zonas horarias. Estaba en modo abogado. Respetaba su concentración, pero deseé que tomara ese mismo entusiasmo en torno a su vida personal, que añadiera valor a ésta.

"Son planillas estándar. La escritura de renuncia a la propiedad te concede la propiedad a ti hoy, si los firmamos antes de la tarde". Hice énfasis en esto, ya que ella se estaba tomando demasiado tiempo en revisarlos. "…El tribunal puede archivarlos antes de terminar el día".

"Tú querías que me relajara de una puta vez", murmuró, sacudiendo su cabeza y agarrando un lapicero. Con un florido garabato, firmó en todos los lugares señalados y deslizó la pila de papeles hacia mí.

"Estuve donde tú estás, ¿sabes?", le dije, levantando los papeles y golpeando la parte inferior contra la mesa para alinearlos antes de meterlos en el sobre amarillo. "Dejé Bridgewater cuando tenía dieciocho, fui a la universidad, luego a la escuela de leyes en la costa oeste. Me fui por el área corporativa, así como tú. Trabajé por ochenta horas a la semana; la vía del socio. Sin vida. Solo partiéndome la espalda por tres años. Teléfonos celulares, correo electrónico, mensajes de texto, mensajería instantánea, plazos, píldoras para la acidez; sé todo sobre esto".

Tenía su atención. "¿Por qué volviste para acá entonces?".

"Porque a uno de mis padres le dio un ataque al corazón. Uno pequeño y ahora está bien. Pero volví por un mes a ayudar y me percaté de que no necesitaba de esa locura. Estaba chupándose mi vida. Así que me retiré".

"¿No querías ser un socio?", preguntó ella.

Me encogí de hombros. "Eso fue lo que me motivó por mucho tiempo, como si fuera una zanahoria colgando frente a mi cabeza. Entonces, me di cuenta de que realmente no lo deseaba. Era tiempo de volver a casa, con mi familia".

"Sí, bueno, mis padres no son un rayito de sol". Esperé, atento a lo que añadiría. "Están emocionados de que sea abogado porque ellos lo son. Piensan que este tiempo antes de ser socia se llama pagar mis deudas". Levantó sus manos e hizo el gesto de comillas en el aire.

"¿Por qué no ejerces con ellos?".

Ella se rio. "Supongo que tu familia cena todas las noches junta; hacen la cena dominical y pasan las navidades colocándose suéteres horrendos, ¿verdad?".

Asentí. "Los suéteres horrendos solo los usamos en la fiesta, no en el día en sí", clarifiqué.

Ella, también, asintió lentamente. "Mis padres están jubilados y viajan. Los veo unas dos veces al año para almorzar cuando están en la ciudad, cambiando la ropa de sus maletas de acuerdo al verano o invierno. La última Navidad estuvieron en Hong Kong. Yo me comí una cena congelada mientras miraba el fútbol. Y trabajé".

"Por supuesto", añadí. Claro que trabajó en Navidad. Mierda. La imagen de ella sola en Nueva York mientras yo estaba con mis padres, primos, tías y tíos era un golpe bajo.

"No somos de muchos abrazos o personas que cenen juntos los domingos", suspiró ella, sentándose otra vez en la silla. No vi ningún tipo de tristeza en ella, solo resignación: resignada a tener padres mierderos, a estar sola. "Además de las dos comidas al año, también recibo una llamada de mi madre cuando lee alguna actualización en el Boletín Jurídico. No somos como una familia".

Era obvio para mí ahora. Ella se mantenía lo suficientemente ocupada para no darse cuenta de cuán jodida estaba su vida. Si bajaba su ritmo, se daría cuenta de que sus padres eran unos imbéciles y que su trabajo apestaba. Así que solo le quedaba hacer malabares con las malditas pelotas.

"La familia no siempre está limitada a la sangre. Puedes hacer la tuya propia. Yo regresé para formar la mía propia".

Ella se puso rígida y el color abandonó su rostro. "¿Tienes una esposa?".

Sacudí mi cabeza, pasando mi mano por detrás de mi cuello. "Jesús, Katie. Por supuesto que no. Antes de que lo preguntes, tampoco Jack. Pero, si vamos a compartir una esposa, ayuda mucho que esté en la misma ciudad".

Quedó boquiabierta. "¿Ustedes quieren... compartir una esposa?"

"Sí". Le dije la verdad brevemente. No había ninguna pregunta que ella pudiera hacer para malinterpretar esa respuesta.

Ella frunció el ceño. "Um, anoche, sí. Eso fue algo de una sola vez".

"Ser follada por un vaquero... o dos, ¿verdad? Sácalo de tu mente".

"Bueno, sí. Eso fue lo que Jack dijo en el bar".

Entendí. Di la vuelta al escritorio hasta quedar frente a ella. Tuvo que echar su cabeza hacia atrás para encontrar mi mirada. Me incliné al frente, puse mis manos en los apoyabrazos de la silla, atrapándola a ella. Percibí su aroma: piel de limón, pero dulce como ella. "Entonces, ¿no debería sentir ninguna química entre nosotros? ¿No debería querer colocarte sobre mi escritorio ya y follarte?".

Ella echó un vistazo a mi escritorio, luego a mí. Lamió sus labios.

"Este es el siglo veintiuno. No tienes que casarte conmigo si tuvimos una aventura de una noche".

Tomando su cola de caballo, lentamente la enrollé alrededor de mi mano, anclándola en su lugar. "Lo que vamos a hacer contigo no es ninguna aventura de una noche, muñeca. Yo lo sé. Jack también. Y tú".

Cuando le di un jalón a su mechón sedoso de cabello, ella

gimoteó. Vi el destello de calor en sus pálidos ojos: el recuerdo de lo que habíamos hecho.

"¿Fue suficiente anoche?", tenía que saberlo.

"No", susurró.

Esa pequeña palabra hizo que mi pene se endureciera como piedra instantáneamente, mientras el alivio se extendía por mí.

"Estás mojada, ¿no es así? Apuesto a que has estado mojada desde que te fuiste de nuestra cama".

Ella tragó saliva. "Sí".

Gemí, entonces me incliné y la besé. Su boca se abrió y mi lengua instantáneamente se enredó con la de ella.

Podía ahogarme en ella, ahogarme en la certeza de sostener su cabeza como yo quería parar reclamar su boca. Ella no pensaría en nada más que mis labios sobre los suyos, mi lengua enredada con la de ella a causa del férreo agarre que tenía sobre su cabello. Yo estaba a la carga y ella lo disfrutaba.

Levanté mi cabeza, solté su cabello. Di un paso atrás y señalé la mesa.

"Inclínate".

Le habría dicho una palabra gentil y dado caricias dulces si hubiera sabido que eso era lo que ella deseaba. Pero eso no era para ella: Katie no era ese tipo de mujer. Ella deseaba controlar su propio pequeño mundo, pero deseaba que Jack y yo la dominásemos a ella.

"¿Aquí? ¿Ahora?".

"Lo genial de mi trabajo es que puedo follarte aquí y ahora".

Se puso de pie lentamente, pero mientras sus mejillas estaban sonrojadas, sus ojos brillaban con lujuria; su maldita mente se estaba interponiendo y estaba pensando otra vez. "¿Qué hay de Jack?".

"No lo necesito para follarte".

"Pero... ¿No sería engañarlo?".

"Lo sería si follaras con el hermano de Kara, Dec, en vez de nosotros". No parecía satisfecha con mi respuesta, así que tomé mi teléfono y le marqué a Jack. "Oye, cuelga". Hablé con él, y luego le pasé a Katie el teléfono. "Toma. Cuéntale tu problema".

Sus ojos se abrieron. "¿Mi problema?".

Presioné el botón de altavoz, tomé el teléfono otra vez y lo coloqué en la horquilla.

"Katie está aquí conmigo en la oficina".

"Hola, dulzura", dijo Jack a través del altavoz. "¿Cuál es tu problema?".

Se sonrojó con un rosado brillante, pero no dijo nada.

"Su coño está mojado", le dije.

Ella resolló, agarró su bolso y el bolso de su laptop, lista para irse. La tomé por la cintura y la contuve con seguridad, mientras colocaba sus dos bolsos en el suelo.

"Eso es un problema. ¿No está Sam haciéndose cargo de eso por ti?", preguntó Jack.

"Te voy a matar", dijo Katie entre dientes, tratando de luchar contra mi agarre.

"Ah, ahí está mi chica". Amaba cuando se irritaba. Tenía un reto ante mí: sacar esa rabia fuera de ella follando. "Ella está preocupada porque te molestarás. ¿No es así, muñeca?".

"Si tienes necesidad, dulzura; si tu coño está todo mojado y necesitando una verga, entonces puedes decirnos a cualquiera de nosotros. Nosotros cuidaremos de ti, lo prometo. Si yo no estoy cerca, es el trabajo de Sam atenderte".

Con un brazo alrededor de ella, usé mi mano libre para desabotonar su blusa. Un brasier de cintas rosadas apareció, casi tan delicado como para manejar el pesado cargamento de sus senos. No tuve que introducir mucho mis dedos en la tela para encontrar su suave pezón. Ella resolló.

"Si yo no estoy, Jack te follará", le susurré, besándola justo detrás de su oreja.

"Así es", confirmó Jack. "¿Por qué está tan mojado tu coño, dulzura?, ¿acaso extraña nuestras vergas?".

Saqué su pezón y empecé a halarlo y luego soltarlo.

"Sam", jadeó ella.

Estudié su retrato: su brillante sonrojado en las mejillas, la manera en que sus ojos se cerraron y cómo se mordía el labio. Le gustaba el juego con su pezón y yo no me iba a detener. Claro, me detendría si a ella no le gustara, si me dijera que no. Pero, la manera en que gemía, la manera en como arqueaba su espalda al tocarla; esa era la última palabra que ella iba a pronunciar, además de "sí", "por favor", y "más duro".

"Responde su pregunta, muñeca. ¿Extrañas nuestras vergas?".

"¡Sí!", chilló, cuando pellizqué la punta endurecida.

Moví mis caderas en la parte baja de su espalda con mi pene ya duro.

"Entonces, deja que Sam te folle. Él hará que todo mejore". Afortunadamente, Jack estaba en sintonía con lo que ella necesitaba.

Katie gimoteó cuando liberé la pequeña puntita.

"¿Estás usando ropa interior, dulzura?". La pregunta de Jack la dejó paralizada.

Me reí. "Uh, oh. Creo que sí, primo", respondí sonoramente, dejando caer mi mano de su cadera. "Manos sobre el escritorio, muñeca. Vamos a ver si eres una chica mala".

Ella respiró profundamente, volvió a hacerlo antes de colocar sus manos sobre mi escritorio.

"Dobla esos codos y saca ese culo".

Esos ojos oscuros se encontraron con los míos y mantuvo la mirada mientras hacía lo que se le pidió. Colocándome detrás de ella deslicé su falda hacia arriba por sus muslos, exponiendo cada cremoso centímetro, blanco como la seda —casi allí— de su braga.

"Cristo", musité, viendo la delicada tela húmeda por su excitación.

"¿Pantis?", preguntó Jack.

"Sí", respondí.

"Quítatelas, dulzura".

Usando una mano a la vez, observé cómo se las quitaba, un lado de su cintura a la vez y luego el otro, antes de deslizarlas por sus piernas.

"Déjalas en tus tobillos", le dije. La visión de ella, con su falda subida, su coño goteando y expuesto mientras estaba inclinada sobre mi escritorio, puso mi pantalón como una tienda de campaña. Tuve que acomodarme para aflojar la presión en mis bolas.

Bordeé mi escritorio, levanté mi portafolio sobre éste y saqué el condón, el lubricante y un plug anal que había metido en un bolsillo lateral, y los coloqué frente a ella. Sus ojos se abrieron de par en par, mientras entendía para qué servía cada cosa; pero no se movió, no hizo nada más que retorcerse.

"¿Qué... qué vas a hacer con eso?", preguntó, concentrando sus ojos en ellos.

"Anoche te tomamos uno a la vez. Cuando tienes a dos hombres haciéndote correr, tendrás a uno follándote el coño y el otro tu culo. Este plug preparará tu culo para recibir una verga".

"Lo de anoche fue una cosa de una sola vez", increpó ella, mientras me colocaba a sus espaldas.

"Sí, y aquí estás, inclinada sobre mi escritorio, con tu coño expuesto y tus pantis en tus tobillos".

"Sam, yo...", dijo ella, pero Jack interrumpió lo que sea iba a decir.

"Dulzura, puede que nos hagamos cargo cuando se trata de follar, pero tú tienes todo el poder". Su voz se escuchó fuerte y clara desde el auricular. "Solo súbete tus pantis y bájate la falda. Puedes decir que no. No herirás nuestros sentimientos. Nosotros te cortejaremos como debe ser hasta que estés lista".

Él hizo una pausa y ella no se movió.

"O, puedes tomar ese plug, aceptar tu castigo y recibir una buena y dura follada".

Ella se levantó usando sus manos. "¿El plug es un castigo?".

Con una mano en su espalda, la presioné hacia abajo hasta sus codos, y entonces estiré mi brazo para alcanzar el plug y el lubricante.

"Carajo, no. El plug es para tu placer".

"No creo que algo en mi culo vaya a hacerme sentir bien".

"¿Alguna vez lo has intentado?"

Sacudió su cabeza.

"¿Nunca te han follado ese culo?", preguntó Jack, ya que él no podía ver su pequeña cabeza sacudirse.

"No", dijo ella.

El aullido de Jack se escuchó fuerte y claro.

"Prepara ese culo, Sam".

Ella se sobresaltó ante el sonido del lubricante siendo

abierto. Con unas cuantas gotas en mis dedos, los deslicé por sus pliegues, y luego los coloqué en su arrugado —y virgen— culo.

"Shh, muñeca. Solo placer".

Su cuerpo se puso tieso mientras yo hacía círculos con mis dedos, muy gentilmente. Continué hasta que se relajó; hasta que empezó a contonear su cintura. Dudé si ella sabía lo que estaba haciendo. Solo entonces, apliqué un poco de presión. Puse la botella un poco arriba de mis dedos, lo apreté y unas cuantas gotas más se cernieron para presionar más hacia adentro.

"¡Sam!", chilló y estaba seguro de que Jack podía escuchar su respiración entrecortada.

"¿Sabes que estoy haciendo por aquí, dulzura?", preguntó Jack.

Lo deslicé adentro y afuera, pero solo hasta la primera hendidura, añadiendo más y más lubricante. Quería que estuviera súper resbalosa antes de meter la totalidad del plug, sabiendo que sería placentero y fácil para ella.

"Estoy de pie en el monturero pajeándome. Con tan solo saber cómo estás recibiendo el dedo de Sam, mis bolas están hinchadas".

Katie gimoteó y dejó caer su cabeza entre sus antebrazos.

Tomé eso como una señal y saqué el plug, nuevamente lo humedecí y volví a presionar hacia dentro. "Respira hondo, muñeca. Eso es, déjalo salir suave y lento".

Mientras lo hacía, deslicé el plug de vuelta adentro; su corredor trasero ya estaba lubricado y listo. Me senté, le di un gentil tirón y levantó su cabeza; vi sus labios gritando mi nombre. No podía hacer nada más que sonreír.

"¿Te gustó? Debiste verlo, Jack. El plug está adentro perfectamente. El pequeño extremo enjoyado es todo rosado y centelleante".

Era un plug decorativo: una falsa gema rosada en un ancho reborde.

"¿Tan rosado como su coño?", preguntó Jack.

"Sí, y en unos minutos tan rosado como su culo. ¿Lista para tu castigo, muñeca?".

Ella miró por encima de su hombro. "¿Castigo? Pero…".

Balbuceó cuando golpeé con mi mano su nalga levantada, luego le di otro azote.

"Sin pantis", dijo Jack.

"Pero ustedes solo dijeron que las quitarían".

"Esa es una razón para nalguearte", le dije, dándole otro azote y mirando cómo el contorno de mi mano se tornaba tan rosado en su piel como el plug. "Anoche aprendimos cuánto te gusta".

"Claro que no", farfulló.

"¿Entonces, por qué estás todavía sobre mi escritorio? ¿Por qué estás levantando tu trasero por más?". Volví a nalguearla, rápido y bien. La estábamos abrumando lo suficiente, pero estaba completamente seguro que ella no estaba pensando en otra cosa más que en nosotros ahora.

Se mantuvo inmóvil y lloriqueó un poquito más, dándose cuenta que yo tenía la razón.

La azoté cinco veces más, y con el último empujé el plug con el mango enjoyado.

"Buena chica. Deberías ver cuán linda es, Jack".

Lo era. Tan bella, tan dulce, tan sumisa. Perfecta.

"Tendrás que mostrármelo luego, dulzura; cuán linda te ves con ese plug en tu trasero. Ahora, quiero escuchar que te corres. Voy a acabar por toda mi mano cuando tú lo hagas".

Usando gentilmente mis dedos, me deslicé a través de sus pliegues goteantes; me adentré en su vagina. Ella se echó para atrás, follándose a ella misma. "¿Quieres correrte, Katie?".

"¡Sí!".

"¿Con mis dedos o mi verga?".

"Tu verga, por favor".

Mientras desabrochaba mi pantalón, tomé el condón del escritorio y me lo puse en tiempo récord. Si ella quería mi pene, yo no se lo iba a negar.

Tomándola de la cintura, me alineé con su húmeda entrada y la penetré. Con el plug se sentía más estrecha, pero estaba tan mojada para mí, que la llené completa de un solo golpe.

"Oh, Dios", gimió ella.

Cuando mi cintura presionó contra su caliente trasero, me incliné hacia ella. Estábamos completamente vestidos, excepto por las partes importantes. Era la follada más erótica de mi vida y dudé al pensar que terminaría algún trabajo sobre este escritorio en un futuro.

"¿Te sientes bien, muñeca?".

Asintió con su cabeza.

"¿Qué se siente ser follada con un plug en tu culo?", preguntó Jack. "Imagina cómo sería si fuera mi verga? Sam en tu coño y yo por detrás. Ambos".

Sus palabras me tuvieron al borde de correrme. Quería follármela con mi primo, poseerla completamente. Hacerla nuestra.

"Sí", susurró ella.

La tomé nuevamente: penetraciones profundas, lentas primero, mirando su rostro, observando el placer en su cara. Cuando estuve seguro de que podía aguantar más, la follé más fuerte, más profundo. Más duro.

"Esto es tan sucio", dijo ella, con una voz cargada de deseo.

Con una mano presionada contra el escritorio, estiré el otro brazo para alcanzar su clítoris: endurecido e hinchado para mí.

"Hora de correrse, muñeca. Acaba para mí. Acaba para Jack que está escuchando por el teléfono".

Lo hizo, a la orden, y no se quedó callada. Sus paredes internas se contrajeron como un puño; tan apretado y fuerte que no podía sacarlo.

"Mierda", gruñí mientras se lo clavaba bien adentro una última vez, perdido en ella. Oh, el placer del orgasmo robó mi mente. Mi semen llenaba el condón, haciéndome desear que la barrera de látex no existiera entre nosotros. Quería poseerla pura, bañarla con mi semen y marcarla como mía. Pero, aún no era mi derecho. Pronto, pero no hasta que nos perteneciera.

Escuché a Jack gruñir a través del teléfono: supe que él también se había corrido.

Apretando la base del condón, me lo saqué cuidadosamente mientras Katie permaneció desparramada sobre el escritorio, con su respiración entrecortada y sus ojos cerrados.

"Hasta luego, Jack", dije, apretando el botón para colgar en el teléfono. "Vamos, muñeca. Tenemos que reunirnos con el agente de bienes raíces". Luego de envolver el condón usado en una toallita desechable y tirarlo a la basura, me arreglé, subiendo el cierre de mi pantalón y metiendo mi camisa.

Agotada sobre la mesa, ella se veía tan desarreglada, tan bien follada. Me estaba poniendo duro otra vez con solo mirarla. Lentamente, se levantó usando sus codos; sus senos moviéndose provocativamente de arriba abajo sobre su brasier y fuera de su blusa abierta mientras respiraba profundamente. "¿Qué?".

"¿Quieres vender la casa, ¿no es así?", miré mi reloj. "Pensé que te gustaría mi ritmo rápido, siendo del este y todo ese cuento. Se suponía que nos reuniríamos con ella hace unos diez minutos".

Se puso de pie abruptamente, con su mente ya trabajando. Bueno, no del todo ya que aún tenía el plug en su trasero, su falda alrededor de su cadera y los pantis por sus tobillos. "¿Es en serio? ¿Hicimos... eso mientras tú sabías que teníamos una reunión con el agente de bienes raíces?".

Sonreí. "Claro que sí. A Sally no le importará. ¿Quieres que te saque el plug o prefieres que lo deje adentro?".

Se quedó tiesa, recordándose a sí misma. Mirando sobre su hombro, su rostro se tornó de un color rosa brillante. Mierda, se veía muy bien en rosado, por todo su cuerpo.

"Ven, déjame ayudar". Arreglé su brasier y luego su blusa. Dándole la vuelta, retiré cuidadosamente el plug, tomé un pañito y lo puse sobre el escritorio. Tomando otro pañito, llevé mi mano hasta su entrepierna y la limpié. Ella apartó mis manos de un manotazo.

"Puedo hacer eso".

"Sé que puedes, muñeca, pero es mi trabajo cuidar de ti. Si te volví un desastre, entonces necesito limpiarte".

Cuando su mirada no pudo sostener la mía, besé su frente; lanzando el pañito a la basura. Observé cuando se inclinada para subir su braga.

"Oh, no. Eso me pertenece". Estiré mi mano y observé cómo varias emociones pasearon por su rostro. Sorpresa, vergüenza, peligro. No dije una sola palabra, solo esperé. Era una batalla de voluntades y cuando ella bufó, supe que yo había ganado. Por lo menos, esta pelea.

Ella apretó sus labios y me lanzó una mirada afilada como navaja.

"¿Quieres otra azotada? Sé lo mucho que te gustará. Pero, entonces, llegaríamos más tarde".

Eso la impulsó a la acción, levantando uno de sus pies y luego el otro, para dejar caer la minúscula braga en mi mano abierta luego; luego, se bajó la falda de su cadera. "Ella va a darse cuenta de lo que hicimos".

"¿Por la cara de recién follada que tienes? Por supuesto".

Podría jurar que me ladró, salió de la oficina dando pisotones y tiró la puerta del pequeño baño de damas. Cuando escuché el agua correr, tuve que reírme al meter sus pantis en mi bolsillo. Carajo, ella era perfecta.

Cuando salió unos minutos después, estaba lista como si nada, aunque sí tenía ese suave y satinado brillo sobre ella. Mierda, sabía que yo tenía una sonrisa satisfecha de hombre bien follado.

"¿No estará ella molesta por esperarnos?".

"Eres una de esas personas que odia llegar tarde, ¿verdad?". Cuando ella me lanzó esa mirada mortal, añadí, sosteniendo mis manos frente a mí, "Sally almuerza a la misma hora y en el mismo lugar todos los días de la semana".

Además de ser una buena agente de bienes raíces, Sally Martin también era maternal, una hinchapelotas y sabía sobre todo lo que acontecía en el pueblo. Incluyendo mis acciones y, probablemente, un poquito acerca de Katie. También, había estado casada por cuarenta años con el alcalde y un veterano de guerra del pueblo. Mientras que Cara pudo haberle hablado a Katie sobre estar casada con dos hombres, ella estaba en su etapa de luna de miel, la cual era muy fastidiosa para observar. El matrimonio de Sally fue el negocio del año y lo había llevado por muchos años. Era algo que quería que Katie viera, que se diera cuenta que estar con dos hombres no era solo un hecho de una sola noche, sino que podía durar.

Con cada botón que se abotonaba de su blusa, sus murallas se levantaban de nuevo. Era casi tangible y yo no pude hacer nada más que sonreír.

"Se va a dar cuenta", repitió.

Tomé sus sonrojadas mejillas, sus labios rojos, su cabello enmarañado. Cualquiera que la viera sabría que acababa de ser follada, y muy bien. No creí que fuera una buena idea decir algo más si quería conservar mis bolas en su lugar; así que solo tomé su mano, la saqué de mi oficina y luego hacia la calle.

10

Sam hizo un muy buen trabajo en sacar mis pensamientos fuera de mi cabeza. Mientras me guiaba hasta la calle principal, me di cuenta de que él había mencionado algo sobre compartir una esposa con Jack, mas no compartirme a mí. Una esposa. Cuando un hombre usaba esa palabra... en cualquier momento, era un asunto serio. Ningún chico había llegado a estos lindes antes conmigo, especialmente si les atañía. Pero Sam era tan informal al respecto, como si realmente quisiera una esposa con quien compartir su vida... y su primo.

Lo que estábamos haciendo juntos no era gran cosa. Claro, jamás había tenido un trío antes, tampoco tuve a un tipo follándome sobre su escritorio mientras su primo escuchaba por el teléfono. Nunca tuve un plug enjoyado en mi trasero. Nada de esta mierda de dominación que parecía arruinarme las pantaletas y me obligaba a entregarlas.

Para mí, sí era algo importante con respecto a la escala de lo sexual, pero era algo casual. De acuerdo, fue algo de una noche; un festival sexual de una corta semana fuera. Me iba a regresar a Nueva York con mi cuota de orgasmos llena para todo el año.

Eso era todo. No tenía tiempo para nada más. Yo no quería nada más. ¿O sí?

Jack y Sam no eran para nada como Chad. Eran caballeros, aunque unos muy cachondos: Me sostenían las puertas, se aseguraban de que estuviera segura, incluso se esmeraban en que me corriera yo de primera; aun cuando eso involucraba un dedo o un plug en mi trasero. Dios, podía sentir los remanentes de ese jugueteo mientras bajábamos por la calle.

La química estaba fuera de la gráfica; toda esa cuestión de jugar con mi trasero lo probaba, y... Bueno, ellos eran buenos chicos. Bellos, cachondos y dominantes, buenos chicos. Me hicieron pensar en cosas que nunca antes había considerado. Vivir en Montana, dos hombres, carajo, una nueva vida. No. Mi vida estaba en Nueva York, en esa oficina del rincón no entre ellos en su cama. Saqué esos pensamientos de mi cabeza y me concentré en vender la casa de Charlie.

Resultó que el restaurant *Swan* estaba a solo unas cuadras de la oficina de Sam. Estaba localizado en la esquina entre la Principal y Hogan, adonde el único semáforo en el pueblo —en el condado, probablemente— estaba situado. El edificio, como los demás, era viejo y de ladrillos. El interior no tenía el brillo que *El Perro Ladrador* tenía. Al igual que la casa de Charlie, no había sido remodelado desde los setentas. Las mesas de banco largo tenían cojines rojos, los mostradores eran blancos con chispas doradas en ellos. Incluso había una rocola en un rincón. El olor de café y cebollas a la parrilla era fuerte cuando entramos, y Sam me hizo girar hacia la parte trasera. Nos tomó unos cuantos minutos llegar a la mesa de Sally, ya que Sam estrechaba algunas manos y decía hola a todo el mundo en el camino. Él conocía a todos y había hecho algunas presentaciones, aunque todos me conocían, bien sea por el chismorreo general o aquellas personas que me recordaban de niña cuando visitaba a Charlie. Estaban Bob, el hombre que regentaba la tienda de alimentos, la señora Mary, la profesora de preescolar de Sam; sí, ella debía de tener noventa y siete años y Karl, el camionero de carga pesada.

Todos habían sido muy amables, lo cual había sido

sorprendente. Mientras Sam hablaba de la construcción de autopistas con Karl, me di cuenta de que parecía haber algo mal en mí, me sorprendía que las personas fueran amables. ¡Genial! ¿Qué esperaba yo? Esperaba que ellos supieran, de alguna manera, que me había inclinado sobre el escritorio de Sam y le dejé hacerme cosas que probablemente eran ilegales en Utah y Alabama. Esperaba que ellos supieran que no llevaba pantis.

Si lo sabían de alguna manera —quizás por la muy satisfecha expresión de Sam en su rostro— no lo mencionaron. Fueron amables. Ahí estaba esa maldita palabra otra vez. No todas las personas eran imbéciles en Nueva York, pero todos tenían un plan de ataque, una agenda; una lista mental de cosas por hacer que no incluía preguntar por sus madres o si sus calabazas estarían en la Feria Estatal de nuevo este verano. Mierda, justo acabé de describirme.

Este sentimiento de comunidad, de importarme el uno para el otro, era raro. Era... amable. Mierda.

Mientras nos dirigíamos hacia atrás, Sam se paralizó. "Mierda", susurró.

"¿Qué?", pregunté mirando alrededor. Nada parecía fuera de lo normal, además de mi entrando en Tierra Feliz.

"Prepárate. Eres fuerte. Puedes manejarlo". Sam no dijo nada más, pero me guio hacia la mesa del fondo con una mano en la parte baja de mi espalda.

El pánico me invadió —por qué, no tenía idea— pero su mano parecía menos gentil y más como una medida preventiva a un escape de mi parte.

"Mamá", dijo Sam.

Oh, mierda. Sabría ella lo que hicimos y pensaría que lo corrompí con mis descarriadas maneras de la gran ciudad. No solo a su hijo, también a Jack. Justo había dejado que Sam me follara sobre su escritorio, mientras su primo escuchaba a través del teléfono.

Una mujer en sus recientes sesentas se levantó y encaró a Sam, sonriendo. Mientras él le daba un muy cálido abrazo, ella me sonrío sobre su hombro. Pero no pareció sorprendida por nuestra llegada.

Por supuesto. Yo era la razón por la que estaba allí, no para ver a Sam. Si ella vivía en el pueblo, no tenía ninguna duda de que se veían todo el tiempo. Ella no estaba extrañándolo, no quería perderse el conocerme. ¿Qué habían estado diciendo todos? Me encogí de miedo en mis adentros ante lo que esta mujer pudiera hacerme. ¿Apuñalarme con un cuchillo para mantequilla?

Tenía razón, yo era su único interés porque apartó a Sam del camino para llegar hasta mí. No fue tan difícil de hacer, aunque ella fuera un pie más baja que él, era fuerte y yo estaba segura de que ella lo había pisoteado una o dos veces. Tenía el cabello negro corto, con mechones grises atractivamente trenzados, y una rápida sonrisa.

"Soy Violeta, la madre de Sam y la tía de Jack".

Estiré mi mano —definitivamente, estaba sudorosa y la limpié sobre mi falta primero— y ella la sacudió, pero entonces me haló hacia ella para un abrazo, atrapando mis brazos. "Cariño, aquí abrazamos a todos".

Ella era cálida y suave, y olía a flores. Su abrazo fue sincero y amable. No pude recordar la última vez —quizás nunca— que mi madre me haya abrazado. Aun así, era una desconocida para esta mujer y ella me abrazó así nomás. Son locas estas personas, ¿o era yo?

"¿Cómo supiste en dónde encontrarnos?", preguntó Sam.

Violeta agitó su mano. "Katie está en la ciudad para hacerse cargo de la propiedad de Charlie. Ella se encontró contigo para finiquitar todo el papeleo legal, firmarlo y, por supuesto, ella querrá vender la casa. Venderla implica encontrarse con Sally Martin y Sally Martin siempre almuerza a la misma hora y en el mismo lugar. Era simple lógica".

"Por supuesto que lo es", murmuró Sam, levantando una esquina de su boca. Me dio una mirada rápida, pero no dijo nada. ¿Qué más podría decir, además de "corre por tu vida"?

"Siéntense... Siéntense o nunca comeremos", ordenó Sally. "Sabes cómo se me pone el azúcar en la sangre". La mujer rubia en la mesa tenía que ser Sally. Si Violeta era galletas caseras y jardines de flores, Sally era una camioneta pick-up con doble tracción y rifles de cacería.

Violeta ni siquiera pestañeó ante la falta de respeto de la otra mujer, sino que se sentó y se deslizó por el banco de la mesa frente a su amiga. Sam me hizo un gesto para que me sentara junto a Sally, y cuando lo hice, él tomó el lugar junto a su mamá.

"Escuché que ustedes dos tuvieron una cita anoche".

Me sonrojé y Sam le dio las gracias a la mesera por el vaso de agua. O él había tenido muchas aventuras de una noche y no le afectaba tal afirmación o era muy natural en él el simularlo. "Si ustedes dos lo saben todo, ¿por qué nos estamos reuniendo siquiera?", preguntó él.

Si ella lo supiera todo, ya me habrían corrido del pueblo.

"Bueno, hacía un tiempo que ni tú ni Jack tenían una mujer juntos", dijo Violeta.

Yo casi me ahogo con mi saliva.

"Mamá, eso suena completamente inapropiado", refunfuñó Sam, completamente impávido ante el comentario de ella.

"No quise sonar de esa manera", respondió Violeta y luego me miró. "Han pasado más de diez años desde que ustedes dos se interesaron en una mujer juntos. Sus padres y yo estamos complacidos; por ti y por Jack".

"¿Padres?", pregunté, mirando a Sam. "¿También tienes dos padres?" Dios, él había dicho que uno de sus padres había tenido un ataque al corazón, pero yo no lo había procesado. Era muy jodidamente raro.

"Oh sí, querida", respondió Violeta por él. "Me casé con Tom y Harris Kane hace casi cuarenta años".

"Yo era la dama de honor", dijo Sally. "Afortunadamente, los vestidos de las damas de honor eran bonitos en ese entonces. ¿En que colores estás pensando?".

Me di cuenta de que ambas mujeres estaban observándome y a mi rostro presa del terror.

"¿Para qué?".

"No la asusten", les advirtió Sam. "En serio. Ella es abogada en Nueva York y solo está aquí para...".

"Ya sabemos todo eso, hijo", dijo Violeta, palmeando su

hombro. "Dejaremos a un lado los colores del vestido de dama de honor si vienes a cenar a nuestra casa antes de irte".

Mi mirada se desplazaba entre Sally y Violeta, sacudiendo lentamente mi cabeza. "Guau, ustedes son muy buenas. Usted ha interpretado a su hijo bien", elogié. "Tengo que o escucharla a usted planificar mi matrimonio con Sam y Jack o ir a cenar. ¿Cómo podría rechazar tan forzada invitación?".

Entrecerré mis ojos mirando a Sam, pero él probablemente fue inteligente al llamar a la mesera.

La mamá de Sam no era una idiota. Tampoco Sally, pero no me iba a casar con su hijo. Tenía que mantener mis ojos bien abiertos con ellas. Mientras que Sam y Jack podían convencerme de sacarme mis pantalones—y mis pantis—, esas dos podían casarme. O peor.

"¿Entonces, quieres vender la casa?". Sally parecía saber cuándo cambiar el tema de conversación.

Saqué una pajilla del envoltorio, y la puse en mi agua. "Necesita demasiado trabajo. El baño tiene el color de aguacate y hay un reloj de pared con un gallo en la cocina. Es como dar un paso atrás en el tiempo y, aunque a mí me agrada el estilo viejo, esto es como La Tribu de los Brady que se reúnen en Montana".

"Recuerdo ese reloj de gallo", dijo Violeta, entretenida. "Me sorprende que aún funcione".

"El valor de esa propiedad está en los derechos de tierra e hídricos que posee", me dijo Sally.

La mesera se acercó con lapicero y papel en la mano. "¿Lo de siempre?", preguntó.

Miré a los demás; todos asintieron.

"Um, ¿tienen alguna carta?", me pregunté. No vi ninguna apoyada entre el salero y el pimentero que estaban contra la pared.

Sally me dio palmaditas en mi mano. "Venimos acá muy a menudo cariño, no las necesitamos. Jessie conoce las órdenes de todos de memoria. Yo pediría la hamburguesa con queso si fuera tú".

"¿Ni una ensalada?", pregunté, pensando cuántas calorías tenía una hamburguesa.

"¿No eres de esos tipos de personas vegetarianas o sí?", ella parecía horrorizada.

"No". Tomé mi agua, tomé un sorbo. "Solo cuido mi peso".

Sally me miró. Sacudió su cabeza. "Hamburguesa con queso".

Miré a la mesera quien ya estaba escribiendo eso. "Lo tengo".

Parecía que me iba a comer una hamburguesa con queso.

"¿Puedes explicarme sobre los derechos hídricos?", pregunté.

Sally asintió, saludó a alguien con su mano a través del lugar y volvió su mirada a mí.

"Mientras que el estado de Montana posee todas las aguas dentro del estado en representación de todos, si un cuerpo de agua fluye a través de tu propiedad, tú obtienes los derechos para usar esa agua. Existen derechos hídricos superiores y derechos hídricos menores. La propiedad con la fecha de prioridad más vieja tiene más derechos superiores al agua. Esto quiere decir que tu propiedad tiene derechos de precedencia: si alguien con derechos hídricos menores está redirigiendo el agua de alguien con derechos hídricos superiores, éste último puede forzar al otro a detenerse o cambiar".

"Suena como el kinder", respondí.

Sally asintió sagazmente. "Lo es, pero no existe una verdadera partición. Si tú tienes un derecho hídrico superior, puedes reorientarlo para el ganado, desviar un arroyuelo, cultivos, lo que sea. Es un gran negocio por acá".

"¿Entonces, los derechos hídricos de Charlie son superiores?".

Sally se rio de nuevo, profunda y guturalmente. "Cariño, tus derechos hídricos son los más viejos en el condado. Creo que datan del año 1880. Parte del rancho Bridgewater original; lo que significa que tú puedes, prácticamente, hacer lo que quieras con ese arroyo tuyo". Ella levantó un dedo. "Casi todo".

Sonaba complicado y muy interesante. "Es un interesante caso de estudio para un abogado".

"Es un gran negocio para los agentes de bienes raíces, también. Tú estás acostumbrada a leer cosas cuadradas y aburridas en tu profesión, así que esto debería entrar en tu camino".

"A causa de estos derechos hídricos, tu propiedad es aún más valiosa".

Sam giraba su mano de un lado a otro. "Los derechos hídricos por sí mismos son valiosos. Tú, como dueña de la propiedad, puedes vender los derechos hídricos por sí solos a alguien y conservar el inmueble. O, por el contrario, puedes vender la propiedad y quedarte con los derechos hídricos".

"Tendré que revisar eso. Me parece tan extraño que Charlie me lo haya dejado todo a mí. No lo he visto desde que tenía doce años".

Violeta parecía pensativa. "Él sabía la razón por la que dejaste de venir".

Fruncí el ceño. "Bueno, yo no".

Los ojos de Violeta se abrieron. "¿No lo sabes?".

"Mis padres dijeron que tuvieron una pelea. Eso es todo. Luego del último verano, simplemente no vinimos más".

"Bueno, él se preocupaba por ti y creo que él pensó que el lugar sería bueno para ti".

La mesera trajo nuestras órdenes, balanceándolas en sus brazos. Mi hamburguesa con queso era enorme, y la pila de papas fritas a su lado tenía suficientes carbohidratos como para volverme diabética. Pensé en las palabras de Violeta mientras todos comenzaban a comer. ¿Por qué pensaría él que la casa sería buena para mí? En este momento, solo se acumulaba a mi estrés. Si la vendía, tendría un buen colchón. Si me la quedaba, podría venir en el verano, pero los costos de mantenimiento serían altos y yo no podía mirar ese reloj de gallo para siempre.

"Si realmente quieres vender, la casa necesita ser limpiada antes de entrar en el mercado".

Asentí. "Lo supuse. Creo que Charlie guardó cada bolsa de papel y plástico que alguna vez recibió en la tienda de comestibles y tiene una colección de figuras de vagabundos que me asusta como el demonio".

Violeta se echó a reír, señalándome con su tenedor. "Recuerdo esos. Son espeluznantes".

"Puedo reunirme contigo en la casa mañana, ¿te parece?".

Corté mi hamburguesa a la mitad, levanté el pan y le eché

salsa de tomate. Mirando rápidamente a Sam, lo vi sonreír en torno a su hamburguesa. El hombre tenía planes para mí esta noche; planes especiales que, potencialmente, podrían mantenerme alejada de otra reunión con Sally.

Entrecerré mis ojos, mirándole. "Seguro. ¿A qué hora?".

11

Había estado en la cafetería por dos horas. La mujer que administraba el lugar, Maude, sabía quién era yo y me saludó por mi nombre. No le importó que hubiese tomado la mesa en la esquina, cerca del tomacorriente adonde podía poner a cargar mi laptop y mi teléfono. No le importó que estuviera usando su conexión a internet, especialmente porque iba por mi tercer mocachino con leche.

Mientras estaba trabajando arduamente en mis correos electrónicos, mensajes de texto, mensajes de voz y mensajería instantánea, mi mente no estaba completamente concentrada. Estaba un poquito adolorida por la noche salvaje que tuve con los chicos Kane; y luego la vaporosa continuación en la oficina de Sam. No ayudaba el hecho de que las sillas fueran duras, y me descubrí a mí misma retorciéndome bastante. A la mierda ellos por distraerme… ¡y por los azotes!

No solo era el dolor y el maltrato de mi cuerpo, sino que mi mente seguía paseándose por la sensación de ellos: piel suave sobre músculos fibrosos. Sus voces, fuertes y casi arrogantes en su necesidad. El aroma de ellos: colonia aromática y almizcle de sexo. Los orgasmos, sí, yo era la gritona que Jack había señalado.

Nunca antes había gritado al correrme. Tampoco, jamás había sido poseída por nadie que supiera lo que estaba haciendo. Había pensado que Chad tenía habilidad, pero no. Él no tenía la más mínima pista de dónde se encontraban mis puntos débiles. Sam y Jack sí. Todos y cada uno de ellos.

Frunciendo el ceño frente a mi laptop, me obligué a concentrarme. Jamás terminaría nada si seguía distrayéndome con mis recuerdos con los Kane y sus deliciosos y preciosos movimientos.

"¿Katie?", una alegre voz me llamó desde el frente de la cafetería.

Levantando la mirada de mi pantalla, me encontré con la de una pequeña y joven mujer con largos y castaños rizos dirigiéndose hacia mí, esbozando una amplia sonrisa de bienvenida. Los dos cachorritos amarrados que caminaban detrás de ella trataron de olfatear y montarse en cada pieza de mueble en su camino. Pero, eventualmente, llegaron hasta mi lado y me encontré, cara a cara, con la pequeña Mary Sunshine. No creo que jamás haya conocido a alguien tan intrínsecamente... feliz.

"Tú debes ser Katie", dijo ella, alzando una mano en mi dirección, sin percatarse de que sus perros estaban como locos lamiendo mis nuevos y costosos zapatos planos, como si los hubiera hundido en un charco de grasa de cerdo.

"Hola", le dije, tratando de igualar su mismo nivel de entusiasmo, y fallando. ¿Se suponía que la conocía de cuando yo era una niña?

"Soy Angie", dijo. "La mejor amiga de Cara. Ella me contó todo acerca de ti".

Oh, ¿Lo hizo? Por un breve y paranoico momento imaginé lo que Cara le habría dicho. ¿Acaso todos en este pueblo eran conscientes de que estaba en el medio de un sándwich sexual con los chicos Kane? ¿La gente sabía lo que hicimos en el pasillo del bar?

"¿Ella dijo que heredaste la casa de tu tío?", me preguntó. "Muy genial... espero que te quedes".

Parpadeé un par de veces ante su rápido ritmo, insegura al no saber qué se suponía debía responder primero. "Sí, él era un gran tipo". Por lo que recuerdo. Me sentí muy mal por no saber más, recordando un poco al hombre que parecía haberme estimado tanto. "En cuanto a la casa, no he decidido aún qué haré con ella".

Y esa era la verdad —de lo que Sally dijo—; necesitaría hacer mi investigación antes de tomar cualquier decisión. En cuanto a su comentario de si iba a quedarme... Afortunadamente logré hacerme a un lado gentilmente.

Por supuesto que no me iba a quedar. No podía. Tenía un trabajo al cual volver. Una carrera por la cual me había partido el lomo, muchas gracias. No era como si pudiera irme así no más de él, solo porque conseguí dos fantásticos amantes en Montana que sabían cómo me gustaba coger, aún mejor que yo. Una imagen espontánea del pene de Jack en mi boca mientras Sam me follaba por detrás apareció en mi mente y, repentinamente, me fui quedando sin oxígeno.

Oh, mierda. La cafetería estaba muy calurosa. ¿No tenían aire acondicionado?

Si Angie notó mi repentina incomodidad, no lo expresó. Estaba demasiado ocupada parloteando sobre los innumerables atractivos de Bridgewater. O esta mujer trabajaba para la cámara de turismo o realmente deseaba que me mudara para acá.

¿Por qué? Quizás era la neoyorquina harta en mí, pero no podía imaginar por qué Angie —o Sally, o Cara, o quien quiera estuviera interesado en el asunto— le importaba adónde demonios terminaba yo. Apenas me conocían, pero estaban más interesados en mi futura felicidad que muchos de mis conocidos de vuelta en casa. Carajo, nadie se habría acercado a mí, una extraña, en una cafetería, a menos que me hubiese robado su asiento.

Pero, además de Elaine, a nadie más le importaría si desaparecía de la faz de Manhattan. La vida seguiría como de costumbre, con o sin mí. Me puse a pensar en cuánto tiempo les tomaría a mis padres darse cuenta de que ni siquiera estaba en la ciudad. Dios, estos eran pensamientos depresivos.

"De acuerdo. Bueno, es hora de que les quite esas correas a los cachorros antes de que se vuelvan locos", dijo Angie, con esa sonrisa ancha que nunca le faltaba. "¿Te veré donde Cara esta noche?".

"Um…".

"Te debería llamar pronto con los detalles", añadió Angie. Aparentemente, esta mujer conocía mi agenda social mejor que yo.

"Espero puedas asistir", añadió. "Estaré allí y también Declan".

Cómo por coincidencia, mi teléfono vibró y el nombre de Cara apareció en la pantalla. Lo sostuve para mostrárselo a Angie. "Hablando del diablo".

Ella sonrió —por supuesto que lo hizo— y comenzó a alejarse, diciendo "nos vemos luego", aun cuando no había contestado el teléfono todavía.

Estaba más que claro que Cara estaba llamándome para invitarme a cenar. "Jack y Sam Kane estarán allá", añadió, con una voz llena de risa. Sí, era evidente. Mi trío era de conocimiento público.

Habría dicho que sí de todas maneras, pero el hecho de que ellos iban a estar allí definitivamente le añadía algo de atractivo. ¿Por qué mi corazón tenía que dejar de latir ante la sola mención de sus nombres? El ahora familiar dolor entre mis muslos se intensificó, como si lo hubieran ordenado. Dios santo, no tenía ni veinticuatro horas de haber conocido a los Kane y ya estaba enganchada a ellos como si fueran drogas.

No, no a ellos. Estaba enganchada al fantástico sexo. Una mujer podría volverse adicta a los múltiples orgasmos provocados por dos ardientes vaqueros si no era cuidadosa. Y no eran solo orgasmos; era sucio, duro y salvaje sexo con orgasmos.

Después de colgar con Cara, centré mi mente de vuelta al trabajo. O lo intenté, de cualquier manera.

El teléfono sonó otra vez y no miré a la pantalla, pensando que era Cara otra vez.

"¿Firmaste los papeles?".
Chad.
Todas mis buenas sensaciones se esfumaron.
"Déjame en paz, Chad". Suspiré.
"La mitad de esa propiedad es mía".
"Habla con mi abogado".
El ladrido de su risa me hizo retorcer. "¿Qué? ¿No puedes representarte a ti misma?"
Podía, pero entonces tendría que oír su mierda.
"Habla con mi abogado", repetí.
"¿Y quién sería?".
El rostro sonriente de Sam vino a mi mente sin esperarlo. No iba a exponerlo a él a Chad. Yo no era tan cruel. "Si pudiste descubrir sobre la tierra de mi tío, entonces descubrirás eso también".
Me desconecté y suspiré, llevando mi taza al mostrador para otra recarga.
Después de regresar a mi asiento, traté de centrar mi cabeza en lo que me atañía. Mientras que Sam y Jack hicieron que mi mente se quedara en blanco, Chad tenía la habilidad de obsesionarme con preguntarme cuán estúpida había sido en casarme con él. Mortificarme por ello solo me dio acidez, pero no podía evitarlo. Él era un completo idiota y yo había sido estúpida. Necia. Pero ya no más.
Finalmente, fui capaz de concentrarme, pero no progresé mucho antes de que mi atención fuera desviada otra vez —esta vez, por un mensaje instantáneo de Elaine que apareció en la base de mi pantalla—.
"¿Cómo va el sexo salvaje?"
Mi resoplido de risa hizo que me atorara con mi café. Colocando una mano sobre mi boca para contenerlo, miré a mi alrededor culposamente. Lo último que necesitaba era que alguien más leyera mis mensajes personales.
Observé la pantalla del mensaje, debatiendo mi respuesta. Elaine claramente estaba molestándome con su comentario sobre el sexo salvaje —ella realmente no esperaba que yo tuviera

una aventura de una noche con un vaquero más de lo que ya había hecho—. Pero, si tan solo supiera….

Oh, ¿qué carajos? Si existía alguien que no me iba a juzgar —o incluso, iba a aplaudir— esa era Elaine. Y Cara, y Angie; probablemente Declan también, Sally, incluso, Violeta. Así que escribí las palabras y presioné la tecla *enter*.

"Lo hice".

Mordí mi labio para contener una ridícula risita de niña. Pero, en realidad, no todos los días le podía contar a mi mejor amiga que había tenido un trío con dos vaqueros, dos increíblemente apuestos vaqueros.

Su respuesta fue instantánea. "No lo hiciste".

"Elaine, no tienes idea".

"Lo hice, lo juro".

La respuesta de Elaine fue una serie de signos de exclamación e interrogación. Claramente, mi amiga estaba demasiado emocionada como para expresarse con palabras. Inhalé profundamente antes de zambullirme.

"No me vas a creer esto, pero…".

Dudé por un segundo. Una cosa era tener una aventura con un par de vaqueros, dos veces… Hasta ahora, pero otra, tener que admitirlo. De alguna manera, el contarle a Elaine lo hizo real en una nueva manera. Una cosa era que todos en Bridgewater lo asumieran, pero otra era asumir las consecuencias.

No era que estuviera avergonzada, solo un poco… conmocionada por mí misma, por cuanto me había gustado. Hasta ayer jamás había considerado que yo podría estar en un trío, o en una relación poliamorosa, o haciendo cosas con mi trasero.

No es que esto fuera una relación. Solo eran tiempos sensuales… Con cosas para el trasero.

¿Qué carajos, Catherine! ¿Quieres matarme con el suspenso? ¿A quién te comiste? Y, más importante: ¡¿Cómo estuvo?!

Le sonreí a la pantalla y rápidamente escribí mi respuesta. Dos vaqueros. Vaqueros ardientes. Fue épico.

La respuesta de Elaine vino dos segundos después. Supuse

que necesitaba tiempo para digerir esta pequeña parte de las noticias. Entonces, recibí un: ¡WUUJUUU!!!!

Desde su lugar detrás del mostrador, Maude me miraba con una sonrisa ante mi risa ahogada.

Fuimos adelante y atrás por un rato, mientras Elaine exigía todos los detalles. Estoy bastante segura de que ella estaba tratando de vivir a través de mí, y no podía decir que la culpaba. ¿Su consejo? Sigue follándote a los papacitos tanto como puedas.

Esto, de acuerdo con Elaine, era mi única oportunidad en la vida. Y, quizás ella estaba en lo cierto; podría no durar para siempre, pero podía disfrutar todo lo posible mientras durase. Carajo, podría tener muy buenos recuerdos que me duraran toda la vida para usarlos con mi vibrador, una vez que volviera al mundo real...

Sentí un vacío en mi estómago ante esa desoladora imagen de mi futuro, frío, sin pasión, solitario. Pero era la vida que siempre había conocido y estaría bien una vez que volviera a mi rutina; de vuelta a la atestada ciudad, a mi horario completo, a las reuniones y las horas largas. De alguna manera, esa reafirmación no alivió la sensación de vacío en mi pecho, pero decidí ignorarlo.

Hablando del mundo real... No podía dejarlo a un lado por más tiempo.

¿Qué sucede en el trabajo?

Hubo una pausa antes de que Elaine escribiera: ¿Estás segura de que quieres saber?

Eso fue suficiente para elevar mi presión arterial y que el ácido en mi estómago se revolviera. ¿Quería leer sobre toda la porquería que estaba sucediendo en el trabajo? No, de verdad que no. Tenía una idea, pero tenía que saber la verdad, así que le dije que hablara. Casi deseé no haberlo hecho, cuando las líneas rápidas de texto de Elaine aparecieron en mi pantalla, cada una peor que la otra.

Parecía que Roberts estaba aún en el caso Marsden y diciéndoles a todos que era suyo —no era una gran sorpresa— pero también se había escabullido en otro de mis casos.

Grandísima mierda. Mierda.

Le había preguntado a Farber sobre ese caso en uno de mis correos electrónicos, pero jamás me respondió. Supongo que ahora sabía por qué —él era demasiado cobarde para decirme abiertamente que me había jodido otra vez. Otra vez. La peor parte era que no estaba del todo sorprendida. ¿Molesta? Definitivamente. Pero no podía pretender que no lo había visto venir. Farber y Roberts eran harina de un mismo costal, con sus paseítos de golf y sus juegos de squash. Sabía desde el primer día que mi firma era un club de viejos niños, pero había esperado que mi trabajo arduo y dedicación pudieran romper con todo eso. Y solo me había perdido por dos días.

Mis manos temblaban de la rabia, haciendo difícil escribir. Esto no habría sucedido si no me hubiese ido. No me había tomado ni un día libre desde que fui contratada, incluso iba cuando me atacó la maldita gripe el año pasado. Entonces, me fui por dos días y le di a esos dos pendejos la oportunidad que necesitaban para exprimirme. Elaine debió saber exactamente lo que yo estaba pensando.

Están haciendo la misma mierda que le hicieron a Margaret Stern.

El aire salía apresurado de mis pulmones. Ella tenía razón; esto era exactamente igual al caso de Margaret Stern. Una antigua empleada que había estado en las vías de ser socia cuando yo comencé en la firma. Elaine y yo observamos desde la barrera cómo ella era jodida a cada momento por Farber y sus compinches. Después de un par de años de ser engañada, Margaret renunció y todos supimos que fue porque la obligaron a hacerlo.

Estúpida yo. Había visto eso suceder y aun así creí que tendría una oportunidad, que quizás conmigo sería diferente. Que, si trabajaba arduo y seguía sus reglas, yo podría ganarme el puesto de socia. Sí, claro.

Como si el sistema lo tuviera todo arreglado en mi contra, desde el comienzo, por tener una vagina. Como si Roberts no hubiese sido el favorito todo el tiempo.

Sacudí mi cabeza con disgusto regodeándome en mi autocompasión. Ahogarme en rabia ante la injusto de ello no me iba a devolver mi caso y, de seguro, tampoco me daría la posición de socio. No lograría nada permaneciendo en el condado de Bridgewater, Montana. Necesitaba asegurarme de que Roberts y Farber supieran que no los iba a dejar pasarme por encima. Si quería reclamar lo que era mío, tenía que regresar a Nueva York y recuperarlo.

12

ACK

Katie estaba esperando en el café cuando llegué en mi camioneta. Sam caminó hacia ella en dirección contraria, aparentemente regresando desde su oficina. Me vio y asintió sutilmente antes de dirigir nuestra atención hacia Katie, quien ni siquiera había levantado su mirada del teléfono para vernos llegar. Le habíamos enviado un mensaje diciéndole que la llevaríamos a comer donde Cara una vez que terminara su trabajo, pero por lo que se podía ver, nuestra chica no había terminado su día de labor.

Por supuesto que no lo había terminado. No esperaría menos de nuestra pequeña adicta al trabajo. Pero aún esperaba que pudiéramos alejarla de esa carrera de ratas y entrarla a nuestras vidas... para bien.

Esa mirada asesina que lanzó a su teléfono fue increíblemente adorable, si me preguntan, pero era muy frustrante verla tan agotada por ese maldito trabajo suyo. Sam se le acercó primero por un lado y su voz fue sorprendentemente gentil. "Suéltalo, muñeca. El trabajo terminó".

Ella lo miró y pestañeó como si se acabara de dar cuenta de dónde estaba y por qué. Si hubiera dirigido esas enormes perlas azules a mi dirección, todo lo que podría hacer sería sujetarla entre mis brazos y besarla hasta que olvidara el maldito teléfono. Su trabajo. Bueno, que se olvidara de Nueva York. Mejor aún, la hubiera lanzado a la camioneta y la hubiera cogido hasta que le importara un comino su trabajo.

Pero tan pronto levantó la vista, volvió a bajar la mirada al maldito teléfono. "Un momento. Tengo que enviar un correo más".

Sam arqueó sus cejas hacia mí. Solo un correo más. Nuestra Katie sonó como una drogada en lo que respecta a su trabajo. Siempre habrá un correo más. Lo sabía porque Sam fue así también. Hasta que vio la luz.

Estaba listo para tomar el teléfono de su mano derecha, pero juzgando por el entendimiento en la cara de Sam, él sabía exactamente de dónde venía ella. Siendo él un exadicto al trabajo, dejé que tomara la iniciativa.

"¿Y cuál es la emergencia esta vez, muñeca? Cuéntanos".

Guau. Una nueva táctica. Confiaba en mi primo y parecía que su ataque fue exactamente lo que Katie necesitaba, porque en ese momento, sus hombros se cayeron con lo que parecía un alivio ante el hecho de tener a alguien que escuche. Tomar la foto solo indicaría que no nos importaba lo que ella hiciera, lo que sería cierto, al menos para mí. Yo siempre había querido manejar un rancho. Nada de carrera de ratas para mí. Demonios, el único tráfico estresante que había visto fue cuando el ganado se cruzó en el camino.

"Es el idiota de Roberts", murmuró mientras presionaba con furia el teclado de la pantalla. "Tomó mi caso y ahora quiere robarme otro. ¡Y el maldito de Farber se lo permite!".

Nos miró y podía jurar que vi una energía frenética brotando de sus ojos. Una mezcla de furia y estrés que la tenían tan tensa, que podría estallar en cualquier segundo. No tenía idea quiénes eran esos Roberts y Farber, pero tenía ganas de darles la paliza de sus vidas solo por poner esa mirada en sus ojos.

"Y después está mi ex. Sigue llamándome y enviándome correos para molestarme".

Podía ver que Sam sentía lo mismo, juzgando por la rigidez de su boca y ojos. ¿Ex? Escondió su ira mejor que yo, pero cualquiera de los dos daríamos nuestras vidas por esta mujer, incluso, mataríamos por ella, de ser necesario.

¿Su ex la estaba jodiendo? Donde llegara a este pueblo estaría muerto, y hay muchos acres donde enterrar ese cuerpo.

"Ya es socio en una firma, y lo está disfrutando", continuó Katie. No estaba seguro si se refería a Roberts, a Farber o a su ex. Sus dedos seguían volando entre los botones de su teléfono y a pesar de que ella se encontraba en Bridgewater, su mente había volado a miles y miles de kilómetros de aquí.

"¿Y eso es tan malo?".

Ambos miramos a Sam con cara de sorpresa ante ese comentario. Katie por obvias razones, pero yo... yo solo podía ver a dónde quería llegar con eso. No esperaba que él trajera esta conversación tan temprano, o mientras Katie estuviera en uno de sus estupores estresantes, por esa razón. Yo hubiera esperado hablar de esto juntos, contentos y desnudos en la cama.

¿Pero qué más daba? Si Sam pensaba que ya era momento, yo entraba en el juego.

"¿Que si eso es tan malo?", Katie repitió la pregunta lentamente como si fuera lo más gracioso que hubiera escuchado. "¡Claro que es muy malo, Sam! He trabajado duro para ser socia. ¡Me lo gané!".

"Nadie dice que no te lo merezcas". Traté de mantener mi voz suave y relajante, de la misma forma que se usa para calmar a un caballo para asegurarse de que no lastimase al jinete. Pero bueno, volteó hacia mí solo para fulminarme con sus grandes y alocados ojos de enojo.

Incliné mi cabeza, estudiándola. "Solo dime, dulzura. ¿Cuántas tazas de café has tomado hoy?".

Ignoró la pregunta y regresó la mirada hacia Sam. "¿Cómo puedes preguntarme eso?". Insistió. "Ustedes, más que nadie, deberían saber lo mucho que he trabajado para esto... Lo mucho que significa para mí".

Sam dio un paso al frente y colocó sus manos en sus hombros. Desde mi posición, solo podía ver la gravedad de su rostro y sabía que Katie la había visto también. "Lo siento, Katie. En serio. Sé que has trabajado duro, y no cabe duda de que mereces esa promoción, ¿pero es eso lo que de verdad quieres?".

Podía incluso haberle hablado en griego. Sus cejas se juntaron mientras ella alejaba la mirada, confundida. "Es por lo que he trabajado desde siempre. Claro que es lo que quiero".

"¿En serio quieres trabajar para unos cerdos tarados narcisistas?", pregunté, acercándome para alcanzar su mano y aliviar el golpe mental. Un verdadero hombre podría ser dominante y muy demandante, pero solo para proteger a su mujer. No para despreciarla. "¿En serio quieres trabajar sin descanso para una firma que no te valora?".

Soltando su mano de mi agarre, se alejó de mí. De nosotros. "¿De qué se trata todo esto?".

Sam me dio una mirada permisiva, y ante mi señal, habló. "Queremos que te quedes, muñeca".

Y hasta aquí llegamos. Mi primo lo había comentado para ella y ahora nuestro futuro pendía en un hilo. Había un tenso silencio mientras la mirábamos de cerca. Viendo cómo meneaba la cabeza.

"He estado aquí mucho tiempo. Tengo que regresar a Nueva York antes de que Roberts…".

"Se refiere a tu bien, dulzura". Añadí, aunque imaginaba que ella ya lo sabía. "Quédate. Con nosotros".

Al juzgar por su frivolidad, ella estaba consciente de que estábamos hablando más de solo quedarse un par de días más, y cambió instantáneamente a enojo. Tal y como pensé que haría.

"¡No pueden esperar que deje todo —mi carrera, mi hogar, mis amigos— atrás y ya! Tengo una vida, ¿saben?".

"Y seguramente es una buena", mentí. Aquello que tenía en Nueva York no se le podía llamar vida, era más como un laberinto para ratas. Una competencia donde el ganador conseguía una úlcera y un ataque cardíaco como premio. Y un ex que parece que quiere arruinarle la vida. La sujeté mirándola a los ojos y la mantuve frente a mí. "Pero creemos que podrías tener una mejor vida aquí, en Bridgewater... con nosotros".

Sam se acercó, colocándose a su lado para que quedara rodeada por sus hombres, forzada a escucharnos. "Queremos que estés con nosotros un muy buen tiempo, princesa. Eres la indicada para nosotros".

Ella cruzó los brazos en su pecho, mostrando una mirada burlona. Yo tenía que asumir que no estaba consciente de que eso solo levantó sus senos de una forma espectacular. Por supuesto que eso me excitó, pero no era el momento. Tenía que bajar ese ánimo de una vez.

"No pueden creer que soy la indicada. Es muy pronto para eso...".

"Lo sabemos", le dije. Mi tono no daba tiempo para refutarlo, no le daba tiempo de intentarlo.

Me miró boquiabierta. "Solo hemos estado juntos —si lo quieres llamar así— por una noche... y por lo que sea que haya pasado en la oficina de Sam. No pueden estar seguros de...".

"Solo lo sabemos, muñeca". Sam me miró a mí para explicarle.

Le encogí los hombros con mis manos. "Es el estilo de Bridgewater. Cuando dos hombres encuentran a su mujer. Es como si un rayo...".

"¡Oh, por favor!". Interrumpió Katie, indicando claramente que no se lo creía. "Declan ya me dio su discurso sobre 'el impacto de un rayo'. ¿En serio esperan que les crea y ya?".

La voz de Sam era grave y áspera, llena de más emoción de la que había escuchado antes. "¿Y tú esperas que creamos que no lo sientes también? Que cuando te tocamos... ¿no sientes más que eso?".

Su impactante silencio fue más que suficiente. Por primera vez desde que comenzó esta discusión, pude soltar algo de tensión de mis hombros. Ella lo sintió; solo que no quería admitirlo. No me había dado cuenta de lo nervioso que estaba por esta charla —nosotros los vaqueros no éramos exactamente ansiosos por naturaleza— pero esto fue más allá de lo que podía tragar. Su respuesta podía afectar el resto de nuestras vidas.

Parecía que ella también lo sabía. Por primera vez desde que la conocí, ella estaba corta de palabras.

Sam la tomó del codo y la giró hacia la camioneta. "Vámonos, muñeca. Nos espera una cena".

No fue hasta que nos montamos todos en la camioneta que Katie volvió en sí. "No pueden esperar que renuncie a todo lo que conozco y me mude a Bridgewater".

"Solo mírate", le dije. "Estás muy estresada por este trabajo, ni siquiera ves claramente. ¿En serio quieres una vida así?".

Me miró fijamente. "Es fácil para ti decirlo. No has pasado toda tu vida como adulto trabajando por una meta. No es sencillo salir de ese camino".

Me encogí. Tenía un punto a favor. Yo tenía el rancho, pero no podía decir que hubiera necesidad alguna de mudarme hacia una maldita compañía. Sam era el más dedicado a su carrera en toda la familia. Él notó mi rostro por encima y con un acuerdo silencioso terminamos el tema de conversación. No había razón ya de seguir discutiendo con Katie; ella podría alejarse de nosotros si dejábamos que su ágil mente tomara las decisiones. No, si queríamos conquistarla, tendríamos que mostrarle lo que ella quería. Dejar que su cuerpo y su corazón decidieran.

"Suelta el teléfono, muñeca". Sam puso su mano en señal y cuando ella desistió, el bajó su tono de voz en su manera dominante. "Ya terminó la pelea, Katie. Conoces las reglas".

Ella le pasó el teléfono, pero no sin una protesta gruñona. "Por Dios. Ando rodeada de puros hombres mandones".

"Esos idiotas con los que trabajas no son nada iguales a Sam y a mí".

"Solo estamos cuidándote, preciosa". Sam colocó una mano en su muslo, y su aliento enloqueció. Apostaría a que esa linda vagina entre sus piernas ya estaba mojada solo por el toque. "Y queremos que nos cuentes sobre ese 'ex' tuyo".

Ella suspiró.

"Ahora, dulzura", añadí. ¿Acaso el sujeto la golpeaba? ¿Qué demonios le hacía este idiota a ella?

En dos minutos, ella logró resumir la peste que era su exesposo. Era eso, y solo eso.

Viaje salvaje

"Él no tiene nada. Esa tierra no le pertenece", dijo Sam.

"Lo sé. Solo quiere molestarme".

"Solo dame su número y yo me encargaré de esto. Me encargaré de él", añadió Sam.

"¿Qué? No, yo puedo encargarme de esto por mi cuenta".

"Claro que puedes", la interrumpí. "Pero deja que Sam ayude. No estás sola. No tienes que encargarte de todo".

Ella me miró, luego a Sam.

"...Muy bien".

Me sorprendió y estremeció de que se rindiera tan fácilmente. Si pudiéramos lograr que su ex la dejara tranquila, entonces sería una bola que ella no podría balancear.

"Tus prioridades están fuera de lugar", le comenté mientras apretaba su muslo, subiendo mi mano lentamente. "Deja que Sam y yo te ayudemos a organizar lo más importante para tu vida".

"Claro. Y supongo que tener sexo con ustedes dos es lo más importante". El tono de Katie fue fuerte, pero veía la manera en que se movía su pecho buscando aire. No se veía sincera, sin importar lo que dijera. Tal y como le dijimos, su cuerpo no mentía. Ella nos deseaba tanto como nosotros a ella, lo aseguro.

"No solo sexo", informó Sam. "No se trata del sexo, sino de lo que hay entre nosotros. Queremos que seas feliz. Que estés satisfecha. Tú mereces ser tratada correctamente y que te cuiden cada día de tu vida, no solo cuando visites Montana por negocios familiares. Nosotros somos los hombres adecuados para ese trabajo".

Mientras encendía el carro, miré las piernas de Katie. "Levántate la falda, dulzura. Debo asegurarme de que no llevas bragas".

Ella se giró en su asiento al lado mío. "No llevo. Sam los tomó esta mañana cuando, bueno…".

"¿…Cuando te dio unas buenas nalgadas y te penetró en ese culo?". Finalicé. Amaba la manera en que sus mejillas se enrojecían. Pero me encantaba más la manera en que se retorcía en el asiento entre nosotros, una buena señal de que su vagina palpitaba, deseando sentirse llena. Yo no la había cogido aún, solo he tenido la dulce sensación de su boca en mi pene mientras me moría por llevarlo hasta su garganta.

Mi verga estaba dura de solo pensar en los sonidos que ella hizo en la oficina de Sam. Me hubiera corrido sobre mi mano y sobre el piso del cuarto trasero con solo escucharlos. Escucharla rogar por su placer, gritar porque la liberaran. Demonios, no había forma de que aguantara todo el viaje hasta el rancho. Dirigiéndome hacia la casa de Sam que estaba en el pueblo, sujeté el borde de su falda. "Muéstrame".

"Ya te dije que Sam los tomó", soltó.

Dios, sigue luchando cuando se excita.

"Muéstrale", ordenó Sam.

Lenta y juguetonamente, levantó su falda por completo, de manera que su coño estuviera expuesto y gruñí con solo verlo. Ella estaba mojada, de seguro. No podía resistirme. Alcancé y toqué sus partes húmedas, deslizando dos dedos dentro de su apretada vagina y haciéndola gemir del placer. Ella movió sus caderas un poco y me demostró que quería más. Ella quería que yo la cogiera con mis dedos y que tocara su clítoris, pero no había manera de que se lo dejara tan fácil. Ni siquiera podía tratarla mientras manejaba, porque en el momento en que la haga correr, podría caer en un agujero. Y una rápida descarga en el carro no es lo que quiero para ella. Nuestra Katie necesita que le demostremos cuánto necesita esto, cuánto nos necesita.

Le lancé una mirada rápida a Sam y él me ayudó a sostener sus caderas para que quedara en posición y al alcance de mi mano. Con un vistazo pude ver que ella mordía sus labios, conteniendo las ganas de gemir de nuevo. Quizás hasta contenía las ganas de pedir más, en especial con mis dedos dentro de ella, solo revelando que el camino entre sus muslos se ondulaba y apretaba entre ellos.

"¿No se supone que la casa de Cara es por el otro camino?", dijo, con su voz jadeante y aguda.

Demonios, había olvidado la cena de Cara. Alejé mis dedos de su vagina y los limpié con mi boca mientras Sam tomaba mi lugar, penetrándola brutalmente con sus dedos y sin moverse, justo como yo lo había hecho. Cuando ella arqueó sus caderas y

Viaje salvaje

trató de escapar de sus dedos, él la reprendió suavemente. "Quieta, muñeca. Te vamos a dar este cuidado cuando lleguemos a casa, lo prometo".

Alcancé mi teléfono para llamar a Cara, y le dije que íbamos algo tarde. A juzgar por la risa de Cara, pudo adivinar el porqué.

Katie estuvo callada el resto del viaje a la casa de Sam y eso fue suficiente para mí. Ojalá ella haya pensado en lo que le habíamos dicho. Quizás si le dábamos algo más de tiempo, se daría cuenta de que teníamos razón. Y si eso no funcionaba, planeaba mostrarle qué tan bueno se siente ser amada por los chicos Kane.

Sam actuó rápidamente en el momento en que la camioneta se detuvo. En un momento salió y sacó a Katie tras él, cargándola sobre su hombro y llevándola a la casa, ignorando sus protestas porque él la cargaba como un saco de patatas.

Cuando los seguí hasta la casa, Sam ya había ordenado a Katie que se postrara y colocara sus manos sobre la mesa de la cocina. Sam ya estaba distraído por la vista de esos hermosos pechos presionando contra su camisa mientras ella se ponía en posición. Mientras él trabajaba para liberarla de esa fina y abotonada camisa y ese brassier con volantes, yo llegué y le di una mano, levantando su falda para revelar completamente esas deliciosas nalgas.

Ella jadeó atrozmente cuando separé sus piernas, pero no intentó detenernos. Nuestra pequeña Katie necesitaba otros azotes y ella lo sabía. ¿De qué otra forma podría sacarle la idea del trabajo de su cabeza?

Di un paso atrás y miré cómo Sam azotaba ese culo una vez. Dos veces.

"¿De nuevo?".

"Sí. De nuevo", repitió Sam, con el sonido del azote haciendo eco en la sala. "Hasta que dejes de pensar en el trabajo, no dejaremos de azotarte". Lo hizo una y otra vez, y yo estaba hipnotizado por la piel cremosa moviéndose bajo su palma. "Bueno, quizás continuemos, aunque lo dejes".

Mi pene estaba duro como roca en la camioneta, y ahora estaba a punto de explotar mientras veía ese culo ponerse rojo y esos senos menearse ante los impactos. Pero eso no se comparaba con la mirada en su rostro; la mezcla exquisita entre placer y dolor la tenían mordiéndose los labios y arqueando su espalda, pidiendo en silencio por más. Sí, ella ya no estaba pensando en el trabajo.

Unas cuantas nalgadas más y los tres estaríamos listos para entrar en calor. Vi cómo Sam se desabrochaba sus vaqueros, listo para cogerla por atrás. Ella estaba más que lista, pero yo podría haberlo hecho mejor. Bajando mis rodillas detrás de ella, abrí sus dulces nalgas y la vi húmeda y esperándome. Esa era la invitación que necesitaba.

Sus muslos se tensaron bajo mis manos cuando mi lengua encontró su vagina. Enrollando un brazo en su cadera, chasqueé su clítoris con mi lengua mientras ésta limpiaba su reverso. Su gemido fue bajo y dulce como si escuchara una envoltura de condón abrirse.

Ahora estaba lista. No me hubiera retirado antes de no ser porque Sam me empujó para clavar su verga en ella con un solo impulso que hizo que ella agarrara fuerte el borde de la mesa y gritara su nombre, mi nombre. Demonios, esta mujer pedía por nosotros dos y por Dios también.

Me acerqué a su lado y lamí su oreja, mordí su cuello, pellizqué sus pezones mientras Sam la cogía con fuerza. Todo mientras le susurraba en el oído lo sexy que ella era. Lo traviesa. Le dije que era nuestra y solo nuestra. No me detuve hasta que ella lo estuviera gritando también. Que ella era nuestra.

Ella y Sam se corrieron rápido.

"Ya era hora", murmuré, agarrando un condón por mi cuenta, abriendo mis pantalones y deslizándome sobre ella. "Ya te la cogiste tres veces, y ni siquiera he podido entrar en ese coño".

Por fin era mi turno. Sacudiendo su blando cuerpo entre mis brazos, me dirigí al sofá de la sala, dejando a Sam limpiándose. Despeinada y sudorosa, y con la maldita falda fija alrededor de su cintura, Katie no se podía ver más cogible. No podía esperar por mi turno, pero primero debía asegurarme de que ella supiera quién estaba a cargo.

Nos acomodamos los dos en el sofá y la acerqué a mí de

manera que quedara tumbada sobre mis piernas. Su redondo trasero todavía mostraba marcas rojas del azote que le dio Sam, pero nada que no pudiera desaparecer en más o menos una hora.

"¡Jack!".

"Es mi turno, primor. Mi turno para probarte que nos perteneces".

"¿Azotándome también?".

"Sé que te gusta. Y eso asegura que te enfoques en mí. En mi mano. En mi verga presionando tu vientre. En mi control".

Le di unas cuantas nalgadas suaves, luego un poco más fuerte, provocando que diera un ligero chillido.

Ahora, tenía que dar mi parte para demostrarle lo bueno que podría ser que ella nos dejara cuidarla. Si ella nos escoge como sus esposos, nosotros nos pondríamos a cargo y ella lo amaría. Le dije eso de una u otra forma mientras colocaba mi mano entre sus nalgas.

"Dime qué es lo que quieres, dulzura".

Ella levantó su cabeza ligeramente, lo suficiente para que pudiera escucharla decir: "¡Más!"

"Así es, dulzura. Nunca tendrás suficiente de nosotros cuidándote".

Bajé mi mano de nuevo y rocé la impaciente carne, calmando el picor que sabía que ella sentía, que sabía que solo la excitaría más. Escuché a Sam murmurar, "Oh, por Dios" cuando entró a la sala. La vista de Katie tumbada en mi regazo con su culo en el aire nos tenía a los dos jodidamente calientes.

Él se sentó a mi lado en el sofá, situándose de manera que su verga —dura otra vez— estuviera bajo la cabeza de Katie. Nadie tenía que indicarle a ella lo que tenía que hacer después; tomó su longitud en su boca y dejó que Sam guiara su cabeza arriba y abajo en sincronía con sus azotes.

Esperé hasta que no pude aguantar más, ya que ver a Katie chupar la verga de Sam mientras yo la azotaba era muy excitante. Con un solo movimiento, nos acomodamos para que ella quedara en cuatro, con su cabeza en el regazo de Sam y su culo al aire.

No se detuvo de chupar a Sam, ni siquiera cuando deslicé mi

verga en su coño y empecé a cogerla. No podía evitar el gemido que salió de mi garganta. Ella era tan sexy. Estaba tan húmeda. Y me apretaba allá abajo con fuerza. Cuando le toqué el ano, sus gemidos se vieron ahogados por el pene de Sam. Él se corrió primero y yo vi cómo nuestra chica tragaba mientras él arqueaba sus caderas lejos del sofá. Ella lo siguió de cerca, y una parte de su clítoris la llevó al límite y me trajo con ella. No podía resistirme, mi necesidad de correrme era enorme.

Ella era perfecta. Justo lo que Sam y yo habíamos estado esperando en una mujer. Ella nos quería por igual. Nos vio como dos individuos, pero juntos como los hombres que le daríamos el enfoque que necesitaba y los dulces orgasmos que ella merecía.

No fue sino hasta que habíamos limpiado todo el desastre y nos tumbamos en el sofá que el tema sobre su estadía volvió. La cabeza de Katie recostada en el pecho de Sam, sus piernas en mi regazo, luciendo contenta y feliz, y solo una pequeña muestra de esa sonrisa pícara me hizo sentir como un cavernícola. Definitivamente, nuestra chica tenía todo ese maldito poder.

Posé una mano sobre sus muslos. "¿Ya confías en nosotros, dulzura?".

Los ojos de Katie eran suaves, satisfechos, nada comparados con la mirada estresante y alocada que tenía cuando la buscamos hoy. "¿Confiar en qué?".

"En que queremos que te quedes con nosotros un muy buen rato", le dije, presionando levemente su pierna. "En que eres nuestra".

Una chispa de sorpresa cruzó por su rostro, pero luego la escondió con una sonrisa. "¿Se suponía que ese sería el mensaje que me darían con lo que pasó aquí?". Meneó una mano hacia la cocina, donde fue cogida sin sentido alguno. "Porque, honestamente, no veo cómo azotarme tanto me diera esa idea".

Sam retorció su pezón a través de la blusa abierta, causando que chillara con un tono de sorpresa y placer. "Te azotamos porque eres nuestra. Porque mereces tener dos hombres cuidándote y asegurándose de que tengas tus prioridades ordenadas".

Ella se quedó callada, lo que era un evento raro, incluso para ella. Sin embargo, tomé ese silencio como una buena señal. Al menos ella no estaba discutiendo contra la idea.

"Seguiremos mostrándote lo mucho que nos importas. A ambos", le prometí. "Incluso, si eso implica azotarte, dulzura. Será nuestro placer mostrarte cómo sería que tú te quedaras... pero no podemos obligarte a abandonar tu vida en Nueva York. Es tu decisión".

Ella se quedó mirando sus manos, que estaban entrelazadas con las de Sam, pero seguía sin dar respuesta. Sam me dio una pequeña y motivadora sonrisa por encima de ella, pero la tensión lo tenía afectado. Era así; estábamos colocando nuestras vidas frente al fuego por esta mujer. La primera vez para nosotros, y definitivamente la última. Habíamos sido criados para creer que cuando conociéramos a la chica indicada, lo sabríamos.

Lo sabíamos muy bien respecto a Katie, pero no había garantía de que ella sintiera lo mismo.

13

Sally se quedó junto a mí en la sala de Charlie mientras inspeccionábamos la notable variedad de baratijas, cachivaches y recuerdos que cubrían cada superficie disponible. Estaba exhausta de solo pensar en cuánto me tomaría limpiar todo eso.

"Eso se ve asquerosamente raro", dijo Sally, mirando desde el borde superior de sus lentes. Estaba mirando una colección de figuras de vagabundos alineados en una repisa.

Asentí. Sí que era raro.

Sally caminó alrededor de la sala, observándolo todo. "Así que dime, ¿cómo te fue con la cena de anoche en casa de Cara?".

Ni siquiera me tomé la molestia de preguntar cómo lo supo. Empezaba a resignarme ante el hecho de que no existía tal cosa como la "privacidad" en un pueblo del tamaño de Bridgewater. "Si te tomas una colonoscopía, ¿todos lo sabrían?".

Ella me miró de la misma manera en que miraba las figuras hasta que respondí su pregunta. Claramente, ella conocía la diversión con solo escucharla. Bueno. "Estuvo genial".

Genial. Como si eso lo cubriera. Cenar en casa de Cara había sido revelador, pero no había manera de que pudiera explicarle eso a Sally. Cómo podría decirle a alguien que había vivido en Bridgewater su vida entera lo increíble que era presenciar una relación tan alegre. Cara y sus esposos estaban tan contentos. Tan... felices. Los hombres mimaban a Cara, y ella claramente se deleitaba en ello. Ella era el centro de su mundo y lo mostraba en cada gesto. Justo mientras los chicos Kane trataban de decirme que sería lo mismo con ellos. Una y otra vez, y lo parecía cuando estaba recostada sobre una mesa, o en mis fuertes muslos siendo azotada por sus musculosas y viriles manos.

¿Es así como sería si me casara con ellos? No azotada, pero ¿mimada? Ni siquiera era una pregunta, realmente. Anoche había tenido una muestra de cómo sería estar realmente con ellos, si fuera su mujer. Había experimentado el sexo desenfrenado con Sam y Jack, pero también había tenido un vistazo de cómo sería la vida fuera del dormitorio.

Ellos habían sido tan atentos y considerados como los hombres de Cara eran hacia ella. Por primera vez en mi vida, había sido la persona más importante en el mundo para alguien. Para dos alguien. Había sido el centro de su atención, incluso en una sala repleta de gente.

Después de la cena habíamos vuelto a la casa de Sam y ellos habían cumplido su promesa de seguir mostrándome cómo podría ser. Oh, rayos, ¡podría ser tan bueno! Había tenido más orgasmos de los que había creído posible en una sola noche. Y cuando nos quedamos dormidos estaba rodeada por mis hombres, mi cabeza descansando en el pecho de Sam mientras el brazo de Jack se envolvía alrededor de mi cintura. Cuando desperté a mitad de la noche, me sentía segura en una manera en la que no lo sentía desde que era una pequeña niña.

Más que eso, me sentí... llena. Completa.

"Juzgando por esa sonrisa que estás llevando, voy a adivinar que has tenido una muy linda noche". La risa de Sally me devolvió al presente y fingí un repentino interés por la colección de boletos de películas de Charlie para evitar el asunto. Elegí uno y lo examiné. "¿Charlie era sentimental o solo un acaparador?".

Viaje salvaje

Sally parpadeó lentamente y ofreció una sonrisa comprensiva. "No recuerdas mucho sobre Charlie, ¿Cierto?".

Negué con la cabeza, hacía mucho tiempo que trataba de encontrar recuerdos de veranos con mi tío desde mi llegada a Bridgewater, pero todo lo que podría encontrar sobre Charlie eran emociones. Recordaba a un hombre grande que me alzaba siempre que lloraba para reconfortarme. Era reconfortante estar con él, sentirlo cerca, pero triste al mismo tiempo. Aunque sentía su tristeza, nunca pude adivinar su motivo y era demasiado joven para entenderlo o pensar en ello.

"Era un buen hombre", dijo Sally.

"Siempre me dicen lo mismo". Algo me había estado molestando desde que había llegado y ahora podía reconocerlo mirando a mi alrededor. No había fotos de él. Para un hombre que conservaba baratijas por motivos sentimentales y horrorosas figuras de vagabundos, era muy extraño que no tuviera fotos de su familia. Si él era un hombre que obviamente amaba Bridgewater y sus costumbres, entonces ¿por qué no tenía una esposa y su segundo esposo? Aunque era incómodo preguntarle a cualquier extraño acerca de mi familia, tenía que saber el porqué. "¿Por casualidad mi tío habrá tenido una relación estilo Bridgewater?".

Sally le echó un vistazo sorprendida, dejando un paquete de revista de la *National Geographic* que había movido. "¿No sabes?".

Negué con la cabeza. "Mi madre no habla mucho sobre su familia, y ella nunca mencionó a Charlie después de que rompió lazos con él".

Sally suspiró y cruzó los brazos sobre su pecho, inclinándose sobre la esquinera. "Charlie estaba casado. Él y su mejor amigo conocieron a la mujer de sus sueños justo al salir de la secundaria. Ellos eran un gran trío, siempre lo hacían todo juntos".

Intenté no revelar mi conmoción. Quizás debí adivinarlo, pero era imposible imaginar a alguien de mi estirada y puritana familia viviendo un estilo de vida tan poco convencional. Mi madre definitivamente no lo hacía.

"Entonces, ¿qué le sucedió? A su familia, me refiero".

La cara de Sally se desplomó, mientras su boca se tensaba en una fina línea. "Accidente de tránsito".

Esas palabras hicieron que me doliera el pecho en nombre de Charlie.

"Sucedió hace, um, más o menos treinta años", continuó Sally. "¡Qué tragedia! El pobre Charlie nunca se recuperó verdaderamente".

Repentinamente esta extraña diversidad de recuerdos y pequeños tesoros no era divertida, era trágica. Charlie había pasado de tenerlo todo —la clase de felicidad que había presenciado entre Cara y sus esposos— a no tener nada. Ni siquiera su hermana y sobrina. Yo. Yo era una idiota por no saber, por nunca haber preguntado. Lo admito, era una niña cuando mi mamá dijo que nunca regresaríamos a Bridgewater de visita nunca más, pero ya había crecido. ¿Cómo no había pensado en preguntar sobre él, o mejor, haberlo buscado yo misma?

"No puedo creer que mi mamá nunca me contara", le dije. No puedo creer que le diera la espalda después de que lo perdió todo".

Sally se encogió de hombros ante el hecho. "Recuerdo a tu mare. Ella estaba en la secundaria con mi hermana. Tan pronto se graduó, se fue de aquí", dijo chasqueando los dedos.

Asentí. Eso fue lo que había escuchado de mi mamá. En raras ocasiones que ella comentaba sobre su infancia en Bridgewater, ella era rápida para añadir que había escapado de esta pocilga de pueblo tan pronto como podía legalmente. Sabiendo lo que ahora sé, su partida repentina tomó un nuevo significado. Ella no se había ido porque el pueblo era pequeño o anticuado o particularmente conservador, lo que era completamente ridículo. Ella se había ido porque no le gustaba la manera en que la gente de Bridgewater se enamoraba.

Una nueva idea me dejó boquiabierta mirando a Sally. "¿Acaso mis… digo…demonios, mis abuelos fueron polígamos?".

Sally soltó una buena carcajada. "Seguro que sí".

Ellos habían muerto cuando yo era joven y no podía recordarlos bien, pero con esta nueva información, empezaban a armarse las piezas del rompecabezas. "Entonces mi tío abuelo Albert..."

"Era tu abuelo también".

Oh. Por. Dios.

"También eran felices", añadió Sally. "Una familia sólida, un modelo a seguir para jóvenes como éramos mis esposos y yo".

"No puedo creer que mi mamá nunca me contara".

Sally me dio una palmada en la cabeza y me di cuenta entonces que estaba viendo al espacio con la boca abierta.

"Aunque ella creció aquí, no creo que tu mamá estuviera muy conforme con el estilo de Bridgewater".

Todo lo que podía pensar era "sí, ajá".

Sally se dirigió hacia la cocina. "Si me lo preguntas, creo que esa sería la razón por la que dejó de venir a Bridgewater".

La miré confundida. "¿Por qué? ¿Por qué dejaría de visitarlo por completo y de repente? Charlie fue un buen hombre, por lo que recuerdo. Todos los que he conocido esta semana dicen lo mismo".

"Y lo era, cariño". Sally se detuvo en la puerta de la cocina. "Pero tu madre... Aunque ella no se sentía conforme con el estilo de Bridgewater... Pienso que se dio cuenta de que a ti sí...".

Sostuve una taza con la imagen del Palacio del Maíz en Dakota del Sur, congelada. "Era una niña. ¿Qué sabría entonces?".

"Exactamente", dijo Sally. "No sabías lo suficiente para juzgar a nadie. Pero te gustaba estar aquí, te divertías, y te sentías cómoda con la gente que vivía el estilo del que quería escapar tu mamá".

Podía sentir la amargura salir de mi voz, mientras colocaba la taza en la mesa con un fuerte golpe. "Entonces, ¿ella dejó de traerme aquí porque me hacía feliz?".

Sally se encogió de hombros. "Podría estar equivocada. Esa es solo mi opinión. Tendrías que preguntarle a tu madre si quieres la verdadera respuesta a lo que pasó entonces".

Sally se fue a la cocina y la escuché abriendo estantes y llenando una tetera para preparar un poco de té. Parecía que me estaba dando tiempo para asimilar lo que me había dicho. Tenía sentido —todo eso tenía sentido—. La tristeza intrínseca de Charlie era resultado de un trágico accidente, y la razón de que mi madre escapara de Bridgewater era porque ella no aprobó ese estilo de vida.

Pero ¿por qué me alejaría de mis amigos y mi extensa familia? Entonces recordé el comentario de Sally. Tendrías que preguntarle a tu madre....

Sin pensar en qué iba a decir, saqué mi teléfono de mi bolsillo trasero. Mierda, sin señal.

Fui a la cocina, tomé el teléfono del muro, y marqué. De repente sentía la urgencia de conseguir respuestas. "Hola, mamá", respondí cuando contestó en el primer repique.

"¿Cuál es la crisis?".

"No hay crisis, solo…".

"Entonces, ¿por qué me llamas en mitad de un día de trabajo? Nunca llamas durante la semana. ¿Pasó algo en el trabajo?".

"No estoy en la oficina". Tenía que decirlo antes de que empezara con su interrogatorio. "Estoy en Bridgewater".

La respuesta silenciosa fue breve y reveladora. Tomó un shock así para callar a mi mamá por más de un latido. "¿Qué rayos haces en Bridgewater?".

Caminé al vestíbulo por la puerta trasera, estirando el cable del teléfono lo más que pude. "Tenía que hacer el trato sobre la casa de Charlie, ¿recuerdas?".

Otra pausa. "Pensé que contratarías a alguien para resolverlo por ti y ponerlo en el mercado. No tenías por qué ir".

"Quería hacerlo".

Ella suspiró en el otro lado de la línea. "Siempre te gustó ese lugar olvidado por Dios".

Y ahora vamos por el camino que quería saber.

"Sí, me gustaba venir aquí. Y, a decir verdad, es una de las razones por las cuales te estoy llamando. Quería saber por qué dejamos de venir".

El silencio fue más prolongado esta vez. Ella no esperaba que trajera el tema a la conversación. "Tomaré eso como que has estado lo suficiente para ver que Bridgewater es un lugar único".

Único fue la palabra más apropiada, pero mi madre se

aseguró de hacer de esa palabra un insulto. "Definitivamente, es único", añadí.

Suspiró otra vez. "Muy bien, Catherine".

Ella era la primera en llamarme Catherine desde hacía unos días. Ese nombre sonó raro ahora.

"¿Qué es lo que realmente quieres saber? ¿Que crecí en una familia poco ortodoxa? Sí. ¿Que Charlie estaba en una poligamia? Imagino que ya habrás encontrado esa respuesta". Su voz se escuchaba llena de impaciencia, lo que era casi igual a como ella siempre sonaba, que yo recuerde.

"¿Y por qué dejamos de venir aquí?". Enrollé el cable en mi dedo. "¿Por qué dejamos de ver al tío Charlie?".

"No era apropiado exponer a una chica influenciable a un estilo de vida como ése. Empezabas a tener la edad suficiente para entender lo que sucedía, y tu padre y yo no queríamos eso para ti".

"Por Dios, mamá, lo haces sonar como si la gente de Bridgewater realizara rituales satánicos o algo así.

Su tono se endureció. "Sé todo lo que pasa en ese pueblo, Catherine. Crecí ahí, ¿recuerdas? Incluso tuve dos padres. Sabía que lo que pasaba a mi alrededor, e incluso en mi casa, no era normal".

Jugué con unos ganchos para ropa montados en una cuerda en la puerta e intenté mantener la calma. La furia que crecía en mi pecho estaba manchada de tristeza, de arrepentimiento. Habría sido feliz aquí, maldita sea. Habría estado rodeada de gente que se preocupaba por mí más de lo que se preocupaban por sus trabajos o su imagen. Y, aun así, mi madre escogió darle fin a eso. "Quizás no sea normal, pero no significa que esté mal".

"No queríamos esa clase de vida para ti. Todavía no me agrada". De repente, se empezó a sentir la sospecha en su voz. "¿A qué se debe esto, Catherine?".

Como no le di ninguna respuesta, ella continuó. "No me digas que estás pensando en quedarte ahí".

Abrí mi boca para decir: "No, claro que no". Tengo un trabajo al cual regresar. Pero las palabras no salieron.

"Catherine". Lo dijo con tono de advertencia, pero ya fue

suficiente para mí. Ella había confirmado que lo sospecharía en el momento en que aprendiera sobre el estilo único de Bridgewater. Ella me había alejado de esto por el bien de su prestigio, aun cuando eso implicaba alejarme de mi felicidad. Ella llenaba mi cabeza con sus pensamientos negativos sobre el lugar, incluso a través del teléfono. Estando aquí, conociendo la gente, viendo todo con mis propios ojos, tenía una imagen totalmente diferente.

"Me tengo que ir, mamá. Fue bueno hablar contigo". No lo fue, en realidad, pero no tenía idea de qué más decir. No la iba a llamar después. Ni siquiera estaba segura de que realmente la quisiera ahora. No de una manera normal y sana.

Colgué el teléfono antes de que ella pudiera responder. Ya había escuchado suficiente y llevaba el teléfono de vuelta a su base en el muro. Sally llegó a mí con dos tazas de té y me dio una. "Y bien, ¿qué dijo tu madre?".

Forcé una triste sonrisa. "Nada que no hubiera adivinado". El hecho de que ellos colocaron la imagen y el prestigio por encima de todo lo demás, incluso de mi felicidad, la de Charlie, y hasta de una comunidad amorosa. No me sorprende que mi madre haya escapado de este lugar —ella siempre había buscado la normalidad—. Siempre se preocupó más por encajar en el mundo que por sentirse amada. Y eso era lo que quería para mí también. Una vida "normal". Una que encaja en los estándares que ella quería. En los que ella mantenía.

Lo triste es que, en la opinión de mi madre, estaba viviendo el sueño americano. Claro que mi matrimonio fue un asco, pero ¿qué era un solo divorcio? Todo aquel que fuera alguien en la gran ciudad tenía uno de esos colgados al hombro. Lo que le preocupaba a ella era cómo mi vida lucía en papel, y con eso en cuenta, lo tendría todo. Educación en la Liga Ivy, el diploma escolar en el muro, y una carrera en ascenso con una firma prestigiosa... ¿Qué importaría si yo me sentía miserable? Mi vida diaria estaba llena de trabajo, estrés, más trabajo, y uno que otro viaje al gimnasio para romper la monotonía, solo porque uno no podía olvidar que el contrato implicaba tener un cuerpo perfecto. Se veía casi tan importante como el ingreso y el título.

Me dejé llevar por el cebo, la línea y la plomada de la caña completa. Hasta ahora.

Dios, el solo pensar en regresar era muy deprimente para variar.

Las palabras de mi madre rebotaron en mi cabeza. No era normal. Ella tenía razón al respecto. La vida en BridgeWater no era normal... pero era mejor. Mejor que la vida que tenía en Nueva York, al menos. Si yo regresara, estaría de vuelta al día tras día donde estaba demasiado ocupada para conocer a un soltero agradable y salir en una cita, mucho menos regresaría a una relación significativa. ¡Demonios! Mi trabajo en Nueva York me deja sin tiempo para amistades fuera de la oficina siquiera.

En menos de una semana, he pasado más alegría, amistad, risas y sexo asombroso en Bridgewater que durante los años que he vivido en Nueva York. Quizás la gente de este pueblo tenía la idea correcta. Ciertamente, tenían diferentes prioridades de la mayoría de las personas que había conocido en mi vida, pero eso no significaba que esas prioridades estuvieran mal.

Se formó una sonrisa en mis labios cuando recordé a lo que se referían Sam y Jack con ayudarme a organizar mis prioridades. En especial podía recordar la sensación de los azotes. Dios, mi culo estaba un poco irritado y marcado. Y otros lugares estaban igual. Quizá sus técnicas particulares empezaban a funcionar conmigo, después de todo, empezaba a reconsiderar qué cosas eran importantes para mí. Tal vez no por los azotes, pero ellos hacían que me olvidara de todo y me concentrara en lo que de verdad era importante para mí. Y no era una oficina cualquiera.

Nunca había esperado encontrar un grupo tan cercano y bueno conmigo como lo era el de la comunidad que encontré en Bridgewater. ¿Y Sam y Jack? Mi corazón se achicaba pensando en esos dos hombres. Mis hombres.

Vaya, ellos de verdad eran una prioridad.

Pero también mi carrera era una prioridad importante.

Ya había invertido una cantidad gigantesca de tiempo y energía en llegar al lugar donde estaba. Aún no era una socia de alguna oficina importante, pero lo sería. Todo ese trabajo tenía que contar para algo. ¿No? No podría tirar todo a la basura solo por mis circunstancias. ¿O sí?

Sally me dijo que tenía un comprador potencial que debía conocer en otra propiedad; y, con una rápida sacudida a la puerta, Sally se fue, dejándome sola con mis dudas y todos mis conflictos personales. Afortunadamente, la limpieza fue una distracción fantástica. Me entregué a ordenar y clasificar todo y no me detuve la hora siguiente.

No habría parado en lo absoluto de no haber escuchado el teléfono de Charlie sonar insistentemente. El hombre al otro lado de la línea se presentó como Buck Reinhardt. El nombre no me sonaba de nada, pero su tono arrogante y sus pausas expectantes me hicieron pensar que debería conocerlo de algún lado.

"¿Qué puedo hacer por ti Buck?".

Resultó que Buck Reinhardt era un tipo muy conocido en las ventas de bienes raíces de Montana, o al menos, él parecía pensar eso de sí mismo. Empezó un discurso acerca de los proyectos que tenían en marcha en su compañía. Mientras hablaba, Sam y Jack, tocaron la puerta de atrás y se abrieron paso a la estancia, haciendo mi concentración cada vez más difícil. Con esos dos vaqueros sexys andando por la cocina mi capacidad de atención era nula.

Al mismo tiempo que las palabras de Bucky martillaban mi oído, Jack sonrió un instante con esa forma sexy que tenía al verme y me rodeo la cintura con sus fuertes brazos, atrayéndome a él para que sintiera su erección contra mí. Sam caminó por la mesa de la cocina hasta quedar frente a mí y me guiñó un ojo.

"¿Tengo tu atención, Catherine?, me preguntó Buck al oído.

"Uhmm". Le di un suave empujón al pecho de jack y él lo tomó como un pedido a que me diera pequeñas mordidas en el cuello. Mordí mis labios para silenciar mis gemidos y que no se escucharan por teléfono.

"No fui tan afortunado para conocer a tu tío, pero escuché cosas maravillosas sobre él", dijo Buck.

"Mmhmmmm". ¿Por qué me seguía hablando? Y ¿qué hacía

Jack con su lengua que me hacía temblar hasta perder el equilibrio?".

"Pero no creo que tu tío apreciara demasiado el apartamento en Nueva York que podrías tener por lo que pienso pagar por su propiedad".

Mis ojos se abrieron como platos. "¿Qué oferta?".

Buck citó un número que me hizo ahogarme de sorpresa tan fuertemente que Jack se cambió miradas de urgencia con Sam; sus miradas se cruzaron con la mía de forma acusativa. Me miraban interrogantes, pero los ignoré un segundo y le pregunté de nuevo a Buck sobre el número.

"¿Parte del monto?".

"No, todo el monto, estaba distraída".

Buck volvió a citar el número y está vez escuché claramente el número, mientras Jack y Sam estaban impacientes escuchando a mi lado. Está vez, al colgar, ambos estaban en la cocina. "¿De qué se trató todo eso?", preguntó Sam. "¿Era tu ex? ¿Chad? Porque tuvimos una charla que nunca olvidará y prometió que te dejará en paz".

Los miré directamente, preguntándome qué habrían hecho, qué le habrían dicho, pero estaba demasiado distraída con la oferta de Buck para pensar más al respecto.

"No, Chad no, el encargado de bienes raíces".

Les conté sobre lo que dijo, cómo habría querido comprar la propiedad de Charlie, junto a sus derechos sobre el agua y la suma de dinero me hizo tener un retorcijón en el estómago. Madre santa, podría comprar mi propia oficina legal con ese dinero, ¡Qué demonios!, mi propia firma.

Bueno, vale, quizá estaba exagerando, pero era una suma gorda de dinero, mucho más de lo que juntaría en una década de salario. Buck tenía razón, podría comprarme una propiedad en la ciudad. No más apartamentos del tamaño de ratoneras. Como buen inversor, había hecho sus tareas y había pensado en sus pujas y, claro, había dado en el blanco.

"Vaya, centellas", mientras, Sam se tumbaba en una silla de la cocina. Por la sonrisa tras su expresión, tenía la sensación de que había entrado en su modo de abogado, pensando en todos los ángulos del trato.

Lo sabía porque yo hubiera hecho lo mismo; mientras mi estómago se reponía, mi cerebro corría directo a la acción tratando de manejar cualquier trampa o caída, alguna ramificación legal que me retrasara, qué hacer luego y el peso de este trato para mí.

"¿Vas a tomar la oferta?, preguntó Jack; mis ojos se encontraron con los de Sam.

Sabía qué me iba a decir y me presionó para sacarlo de mi boca. "Ella necesita hacer sus tareas en el Ayuntamiento primero. ¿Verdad muñeca?".

Ya estaba buscando mi cartera y mis llaves cuando asentí al respecto. A Jack, le expliqué: "No puedo empezar a considerar el trato ahora hasta que no tenga idea de cuál es el estatus de mi propiedad sobre los derechos del agua y su valor real. Están establecidos sobre la vieja ley del oeste y no sé nada al respecto".

Él rascó su barbilla y miró al suelo. Podía notar que tenía deseos de hacer más preguntas y sabía a dónde iba cada una. ¿Entonces qué? Si la vendía o si no lo hacía, incluso, ¿entonces? ¿Me iría o me iba a quedar?

No quería escuchar ninguna de esas preguntas porque aún no tenía las respuestas. Estaba incluso más confundida que antes. En vez de quedarme en los alrededores, me apuré a irme de allí, para ignorar la tensión creciente en el cuarto.

"¿Quieres que vaya contigo?", preguntó Sam. "Podría darte un aventón y ayudarte con la investigación".

Le di una mirada cálida, pero negué lentamente. "Muchas gracias por todo esto, pero no necesitas hacer tanto por mí. ¿Podrían cerrar al salir chicos?".

Estaba por alcanzar la puerta cuando la voz de Jack llegó a mis oídos. "Sam podrá quedarse en los alrededores y limpiar algo de este desastre", decía mientras señalaba las cajas y bolsas llenas de basura. "Cuando termines con cualquiera que sea lo que debas hacer, nos vemos todos en la casa de Sam. ¿De acuerdo?

Negué. Sabía que no me estaba pidiendo nada, que era una

orden. Estaba acostumbrada a que Sam mandara, pero a Jack le salía más naturalmente. Su miraba atravesaba la habitación, caminó lentamente hasta ponerse frente a mí y puso un dedo debajo de mi barbilla, de forma tal que no pudiera ignorarlo.

"No nos hagas esperar, hay mucho que discutir".

Rayos, sabía exactamente de acerca de qué querían hablar, pero no estaba lista. "Pensé que no me presionarían".

Por unos segundos, me miró con su expresión cínica y volteó con violencia. "¿Acaso dije algo?".

Oh, joder. Bajó su mano hasta introducirla por el borde de mis vaqueros y la colocó sobre mi coño, mientras, con sus dedos tocaba mi clítoris por encima de la tela de mis pantis. Mi forma de temblar lo hizo sonreír otra vez; al mismo tiempo, escuché a Sam levantarse de su silla, en camino a unírsenos.

"No te vamos a presionar muñeca", dijo Sam, parándose detrás de mí y atrapándome entre ellos. Estaba atrapada de la forma más deliciosa imaginable entre sus cuerpos. No había otro lugar donde quisiera estar.

"No todo se puede solucionar con buen sexo", contesté, tratando de mantenerme lo más concentrada que podía; imposible de hacer estando en medio de sus cuerpos.

"¿Solo bueno?". Atacó Jack.

Sam me envolvió en sus brazos, sujetando mis senos a través de la camiseta. Mis pezones se golpeaban contra el relleno de mi sostén y, sin quererlo, mi cuerpo estaba empujando sus manos para que me tocara más fuerte, como me gustaba.

Él no lo haría y lo hacía a propósito, lo sabía. Quería volverme loca, calentarme tentándome. Me mordí un poco los labios para ocultar un gemido.

Lo que hacían estaba funcionando.

"No vamos a presionarte", dijo Sam. Sus manos se alejaron de mi cuerpo, pero Jack no se movió ni un centímetro. Su mano estaba firmemente sobre mi coño, húmedo, sintiendo sus dedos masturbarme. Estaba por acabar en sus manos, solo con sus dedos, de pie y completamente vestida. "Y no usaremos el sexo como un arma, pero tienes que tener en mente que te deseamos.

En mente y cuerpo. ¿Esta charla? No puede ser pospuesta por siempre".

El tiempo que debía dedicarle a este viaje se estaba acabando y eso quería decir que el tiempo para decidir sobre mi relación con ambos se acababa también. "No indefinidamente", accedí mientras mi voz sonaba pensativa. Estaba muy excitada. ¿Cómo iba a argumentar cualquier cosa cuando estaba siendo tocada por todas partes?

Aunque en mi interior deseaba rendirme y permitir que me llevaran en sus brazos a la cocina, el tiempo no lo permitía. "Pero no ahora", dije. "Necesito ir a al ayuntamiento antes de que cierre".

"No tan rápido, dulzura". Jack se inclinó para que pudiera sentir su aliento contra mi cuello. "No irás a ningún lado con esos pantis puestos".

14

Un momento después, iba en modo comando caminando hacia el ayuntamiento de Bridgewater. También me encontraba bastante más relajada de lo que había estado en la mañana, debido a que ellos se habían asegurado de darme dos orgasmos antes de dejarme salir. Jack no paraba de meterle mano a mi vagina hasta que me corrí justo en el pasillo. Después de eso, me ordenó que me quitara los vaqueros para que, de tal manera, perdiera mis bragas. Sam, no muy contento por dejar que su primo me diera un orgasmo sin su participación, se agachó, hundió su cara en mis muslos y empezó a lamer mi clítoris con su lengua, haciendo que me corriera rápida y furiosamente mientras me recostaba en la barra de la cocina.

Mucho como para no usar el sexo como un arma. Una alucinante y muy placentera arma.

Estaba segura de que todos los que vi en el ayuntamiento podían ver que yo brillaba, pero no tenía el tiempo para pensar en los rumores. El edificio solamente estaría abierto una hora más y yo necesitaba la información legal para realizar un informe. Buck no me había dado tanta presión para responderle inmediatamente, pero quería averiguar qué estaba haciendo con la propiedad de Charlie lo más pronto posible. Iba a ser un desastre tener la propiedad lista para el mercado dentro de pocos días, así que no tenía tiempo para pensar en qué hacer si volviera a Nueva York.

Claro, si es que iba a volver. ¿Desde cuándo empecé a dudar de mi retorno? Por un momento, para ser honesta. Demonios. Había empezado a tener mis dudas sobre regresar a Nueva York desde la primera noche con Sam y Jack. ¿Y quién no? No había ninguna pregunta sobre si ser querida por dos vaqueros sensuales era una tentación. Sería una mujer sin sentido común si no estuviera al menos pensando en quedarme.

Pero ser tentada no significaba que fuera la decisión correcta. Todavía tenía responsabilidades y una vida a la cual regresar.

El encargado del departamento de registros me ayudó a encontrar la información que necesitaba en cinco minutos. Me tomó media hora más leerlo todo en un pequeño mesón y volverlo a leer. Cuando terminé, llamé a Sally y le pregunté unas cosas para confirmar que había entendido los detalles. Las leyes de Bienes Raíces eran fascinantes, especialmente desde que tenía un caso personal como éste.

Cuando colgué la llamada, sabía que cualquier esperanza de ser una millonaria de la noche a la mañana se desvanecería ante mis ojos. Nada de apartamentos elegantes en Nueva York. Resultó que los derechos del servicio de agua de Charlie no solo eran de alto rango, sino que también afectaban a la mayoría de ranchos en el condado. Lo que se le hizo al terreno de Charlie tenía repercusiones de largo plazo y duraderas. Básicamente, al aceptar la oferta de Buck, yo estaría jodiéndome en todas las propiedades río abajo de la casa de Charlie —y esas eran la mayoría de los terrenos al oeste de Bridgewater—.

Salí del ayuntamiento justo antes del cierre y me dirigí directo hacia la casa de Sam en el centro. Me habían advertido sobre llegar tarde, pero esa no era la razón de mi apuro. Yo tenía mis respuestas. A pesar de que no sabía qué hacer con la tierra, no me importaba. No en este instante. A decir verdad, no podía esperar a verlos de nuevo. Dios, no podía estar separada de ellos por una hora sin extrañarlos.

Ya a mitad de camino a su casa, sonó mi teléfono y respondí en el altavoz sin mirar quién era. Las calles eran rectas y solo había pasado a unos cuantos carros, pero todavía no quería quitar la vista del camino. Debí mirar. En serio, debí haberme fijado a quién le contesté.

"Solo llamaba para agradecerte, Catherine".

Era Roberts. Demonios.

Lo que menos necesitaba era exactamente una llamada del famoso abogado roba-casos. Pero fue su voz nasal con acento neoyorquino lo que llenó de ruido mi carro y yo tenía mis manos apretando el volante por la ira. "¿Qué quieres ahora, Roberts?".

"No hay necesidad de que me arranques la cabeza".

No había manera de darle la satisfacción de preguntarle a qué se refería. Su tono arrogante dijo lo suficiente. No pude cortar la llamada a tiempo porque continuó hablando sin interrupción. "Supongo que habrás escuchado que logré resolver el caso Marsden. Farber estaba complacido con el resultado, y estoy seguro de que te había informado".

Maldita sea. Golpeé un puño contra el volante. "¡Ese era mi caso!".

"Tú misma lo dijiste, era". No cabía duda de que había burla en su voz. "Gracias otra vez por tomarte esas vacaciones. Eres libre de quedarte el tiempo que quieras. Por cierto, ¿dónde dijiste que estarías? ¿En Bichoraro, Montana? Escuché que la bosta de la vaca tiene toneladas de diversión. Ya tengo todos tus casos bajo control, así que sol…".

Colgué el maldito teléfono antes de que terminara. Mis dedos sujetaron el volante con tanta fuerza que mis nudillos se volvieron blancos, y mi presión sanguínea estaba al borde de darme un ataque cardíaco. Tenía que regresar. Ahora. Cuanto más pronto, mejor. No podía esperar más tiempo en mitad de la nada mientras me robaban mis casos bajo mis narices. El pánico hizo que mi corazón se acelerara. Cada minuto que estaba aquí aseguraba a Roberts más oportunidades de tomar crédito por mi trabajo. Si no regresaba, perdería todo lo que hice para ser socia.

Inhala... Exhala... Demonios, los ejercicios de respiración eran una maldita pérdida de tiempo cuando estaba hirviendo de la furia. Ni todo el aire del mundo podía darme el alivio que necesitaba.

Pero Sam y Jack podrían. Ellos sabían cómo hacerme olvidar, hacer que dejara de pensar en toda esa basura y solo... ser yo. Solo hacerme correr una y otra vez. Sí, necesitaba coger. Necesitaba mis orgasmos. Gracias a Dios que me dirigía hacia ellos o iba a explotar. ¿Y cuando vuelva a Nueva York? ¿Qué podría hacer entonces? ¿Organizar un vuelo a Montana cada vez que el estrés me llegue hasta el cuello? Es un camino muy largo para pedir un aventón.

Podría renunciar. Esa idea resonó en mí como un gong. Podría decirle 'adiós' al estrés y la competencia, y empezar a vivir una vida como la gente de Bridgewater, rodeada de amigos, disfrutando de la vida. Siendo amada.

Podría ser una abogada en Montana. Sam lo era. ¿Por qué yo no podría? ¿Pero podría? Eso significaría que renunciaría a todo lo que había trabajado, todo lo que creía que había querido por mucho tiempo. ¿Acaso estaba lista para hacer tal sacrificio por los chicos Kane?

Mientras me dirigía a la casa de Sam, seguía buscando esa respuesta sin encontrar nada.

SAM

Jack y yo sacamos un camión entero lleno de cajas de la casa de Charlie y las llevamos al basurero antes de regresar a mi casa a esperar a Katie. El trabajo manual había sido una buena distracción para el elefante en el cuarto, pero no podíamos hacer nada más, excepto sentarnos y esperar.

"No luces nervioso", dije. No es que Jack suela verse nervioso, siempre había sido tranquilo por naturaleza. Pero esto estaba lejos de ser una situación normal. No todos los días le pedimos a una mujer que sea nuestra. Nunca habíamos usado la palabra esposa, al menos aún no, pero estaba implicada. Eso era a lo que nos referíamos, y eso era lo que queríamos. Queríamos a Katie como nuestra esposa, como la madre de nuestros hijos.

No podía recordar la última vez que había querido algo más. Esto no era nada parecido a Samantha Connors, mi amor de secundaria. Ahora podía ver que Jack había hecho lo correcto con dejarla ir. No era la indicada para nosotros.

Katie sí.

"Es porque no lo estoy", respondió Jack. Se hundió en el sofá y se estiró a lo largo de este, relajando sus largas piernas en frente de él. "Katie ama estar aquí en Bridgewater. Se quedará".

Pateé sus botas fuera del sofá para poder sentarme. "Quisiera tener tu confianza".

Él arqueó una ceja hacia mí. "¿No has pensado que le gusta estar aquí?".

"Sé que le gusta. Pero decidir quedarse significaría que tiene que salir de su cabeza por dos segundos y escuchar su corazón".

Jack gruñó en acuerdo. Sabía que yo estaba en lo correcto. ¿Katie amaba Bridgewater? ¡Claro que sí! ¿Disfrutaba pasar tiempo con nosotros? Absolutamente. Esa mujer no podía dudar ante el hecho de que era la pareja perfecta dentro —y fuera— de la cama, por lo menos. Habíamos dejado nuestro punto claro... le habíamos mostrado qué tan bueno podía ser todo esto. Solo porque había disfrutado el sexo alocado no significaba que estuviera lista para admitir que nos pertenecía. Seguramente tampoco significaba que ella estuviera lista para disponer de empezar a vivir con nosotros por el resto de su vida.

Al parecer, Jack leía mi mente. Se acomodó para que pudiera inclinarse hacia el frente, con una mirada inusualmente intensa. "Escucha, Sam. No necesitamos que esté de acuerdo con nosotros, hoy no, por lo menos. Solo necesitamos que acepte quedarse. Si ella acepta...".

Un punto a favor. Si se quedaba, al final podríamos conquistarla. Si quería que la cortejáramos, lo haríamos. Rosas, cenas a la luz de la luna o de las velas, paseos a caballo. Lo que sea. Esto ha pasado muy rápido y ella nunca creyó en el maldito dicho del relámpago. Y estaba bien. Si se quedaba, tendríamos todo el tiempo del mundo para hacer que ella se enamorara de nosotros.

"Tienes razón", le dije.

Él me sonrió. "Claro que la tengo".

Me mantuve pensando en la manera en que sus ojos se iluminaron durante la cena en casa de Cara aquella noche. Ella ya era brillante y estaba fuera de su área. Riendo y hablando, estaba relajada y contenta, todo lo opuesto a la bola enrollada de estrés que conocí aquel día en el bar. Ella merecía estar así todo el tiempo, no solo cuando estuviera de vacaciones.

...Y eso era lo que temía. Ella había visto todo esto como unas vacaciones de su vida. Un arrojo, un paso relajado, divertirse con amigos. Yo había tenido la horrible sensación de que, en su mente, esto fuera solo un pequeño escape de su vida "real". Quizás incluso una distracción, algo que la alejara de la vía rápida, la oficina corporativa. Quizás me equivocaba y Jack tenía razón. Quizás ella tenía pensado quedarse. Hubo momentos en que pensaba que ella lo había hecho, pero también hubo momentos en que podía ver su mente volar de vuelta a Nueva York y a toda la mierda que la esperaría allá. Era difícil luchar contra un teléfono celular, un mensaje instantáneo, los correos y una personalidad tipo A.

Lo sabía muy bien, tanto como deseaba confiar en que Jack tuviera razón. Nuestra Katie se partía en dos y no había manera de saber cuál lado escogería al final…

No me hacía sentir mejor la situación cuando ella llegó con un aspecto de confundida e irritada. Se había ido la mujer satisfecha que había dejado que me comiera su vagina en la cocina hacía unas horas. ¿Qué mierda habrá pasado en ese tiempo para que se pusiera tan agitada?

Jack me dio una rápida mirada de pregunta cuando pasó a zancadas por su lado en la sala, y yo me encogí de hombros en respuesta. Algo había pasado, eso era muy obvio. Era imposible adivinar si eso trabajó a nuestro favor o no.

"¿Qué sucede, muñeca?". Me acerqué por detrás de ella y bajé su bolso de su hombro, colocándolo sobre una mesa para poder masajear sus hombros y cuello. Claramente tenía un montón de nudos. Antes de que abriera la boca, tenía la idea de lo que iba a decir. Solo había un nombre que empezaba a odiar porque tenía que ver con el estado que ella tenía en ese momento.

"Maldito Roberts", escupió.

Jack gruñó y se dejó caer sobre el sofá. No podía culparlo, ya que a este punto se sentía como si lanzaran nuestras cabezas contra un muro tratando de hacer que Katie enfrentara el hecho de que su vida en Nueva York era tóxica y sofocante. Al menos habíamos rastreado a su ex y lo habíamos llamado. Habíamos conversado sobre su comportamiento. Hablamos, y cuando dejó de actuar tan servicial como esperaba, lo amenacé con un cargo de acoso y una orden de restricción, ambas que se harían públicas y serían algo que los socios mayores en Barker, Paul y Cambridge estarían más que interesados. Después de eso, nos veríamos cara a cara y estaría satisfecho de borrarlo de la lista de idiotas de Katie. ¿Pero Roberts? La única manera de que se vaya de su vida era si Katie se iba primero. A Bridgewater. Permanentemente.

"¿Qué te hizo esta vez?", preguntó Jack.

Yo gruñí por dentro, deseando que no lo hubiera preguntado. Odiaba ver a Katie tan agotada por un tarado a miles de kilómetros de aquí. Si podía joderla desde esa distancia, no quería ni imaginar cómo sería en persona.

Antes de que ella pudiera dar su discurso de sentencia sobre lo que sea que esa basura haya hecho esta vez, interrumpí: "¿Qué conseguiste en el ayuntamiento?".

Ella pestañeó sorprendida y podía ver cómo se movían los engranajes de su mente. Así hemos trabajado ella y yo. Pensábamos igual, y éramos capaces de trabajar multitarea hasta el límite. Sabía qué botones presionar, cómo desafiarla, hacerla pensar. Y ella hacía lo mismo conmigo. Miré a Jack tomarse su cerveza, recostado en el sofá.

Gracias a Dios que teníamos a Jack para redondear la situación. Para recordarnos que la vida podía ser jodidamente simple. El trío perfecto. Bueno, lo más cercano a perfecto, pero estaba bien.

Katie tomó la cerveza de Jack de su mano y lo hizo reír mientras veíamos cómo se la bebía hasta el fondo. Entonces volteó a verme. "Fue revelador. Te lo aseguro".

Hizo recuento de lo que había aprendido con detalle, y cuando terminó, Jack soltó un silbido en caída. Siendo un ranchero, él conocía los servicios de agua de adentro hacia afuera. Yo los conocía desde una perspectiva legal, entendiendo lo que Katie ahora poseía —y controlaba—sin necesidad de ir al ayuntamiento. "Guau, eso es mucho poder lo que tienes ahí".

"Podrías dejar patas arriba a la mitad de los ranchos del condado con eso". Solo con algo tan simple y básico como el agua. Podría haber dejado mi boca cerrada, a juzgar por la mirada que recibí de ella.

"¿Y qué harás ahora?", Jack observó a Katie con una mirada que conocía bien. Era la misma mirada que él lanzaba cada vez que me que me quería ver la cara de idiota…, la mirada de alguien que juega a ser el abogado del diablo. Él sabía muy bien que Katie no haría nada para lastimar este pueblo o la gente que lo habitaba, porque amaba estar aquí. Pero él quería que ella lo admitiera. Quizás entonces, ella podría admitir que se quería quedar, que ella pertenecía a Bridgewater.

Mierda, a veces mi primo era más listo de lo que aparentaba.

Como si diera en el blanco, Katie se sulfuró, peor que cuando había llegado el primer día. "¡¿A qué te refieres con qué voy a hacer ahora?!".

"Estamos hablando de mucho dinero, muñeca". Di un paso al frente, colocando mi vida en riesgo por lo que indicaba esa mirada. "Nadie te culparía si fueras tentada a aceptar ese trato".

Se acercó a mí boquiabierta, reduciendo la distancia entre nosotros. Clavando su dedo en mi pecho, ella dijo, "¿Cómo puedes decir eso? ¿Tienes idea de qué pasaría si lo vendo a ese promotor?".

"¿…Serías asquerosamente rica?".

Se tensó como una vara y Jack esbozó una sonrisa.

Meneó tanto la cabeza que su cabello me abofeteó. "Sí, y

también arruinaría la vida de todo el pueblo en el proceso". Se echó para atrás para poder vernos a los dos, cruzando sus brazos sobre su pecho.

"Cálmate, muñeca".

Esas palabras tuvieron el efecto opuesto al que esperaba. No podía haberme sorprendido de ver humo salir de sus oídos en ese momento. Claramente, ella tenía que verlo ahora. Tenía que ser obvio que ella sí se preocupaba por el pueblo y sus habitantes. No podía alejarse más de lo que Jack o yo podríamos. Esta tierra estaba en nuestra sangre y era donde pertenecíamos, y también lo era para Katie.

Ella nos pertenecía, y también pertenecía a Bridgewater. Ahora solo tenía que decirlo.

"Claro, y si no lo hago, ¿me azotarán?".

Esas fueron palabras de lucha.

"Por Dios, no. Eso es por si necesitas buen sexo y tu mente no está aquí. ¿Pero esto?". Meneé mis manos hacia ella. "Esto eres tú usando tu astuta mente".

"¡Entonces no me digan que me calme! Tengo todo el derecho para enojarme con ustedes. Si ustedes piensan que podría hacer eso, lastimar a toda esa gente y destruir el legado de Charlie en el proceso…". Sacudió su cabeza y agarró su bolso. "Si piensan que haría tal cosa, entonces no me conocen como lo pensé".

Cerró la puerta de golpe de manera en que no pudiéramos detenerla.

"Claramente no me conocen del todo".

15

Las lágrimas me cegaban, haciendo más difícil ver el camino de regreso a la casa de Charlie para tomar mis cosas. Mi teléfono estaba sonando, pero por primera vez, lo ignoré. Si era Roberts, probablemente perdería los papeles del asunto. Pero él ya había hecho su parte de daño del día. En realidad, eran Sam y Jack. Lo sabía, pero no quería hablar con ellos. No ahora.

Me limpié las lágrimas mientras me metía a la casa y lanzaba mis pertenencias en la maleta. Odié llorar, y siempre lo había odiado. Había reaccionado demás allá y lo reconocía. Pero, aun así, el hecho de que Sam y Jack pensaran poco en mí me hirió más de lo que me había importado admitir. Quizás no quería estar en Bridgewater, pero eso no significaba que quiera lastimar a la gente que había sido amable conmigo. Sí, yo era una abogada despiadada, pero no desalmada.

Sabía que era momento de partir. Esos dos habían sido mi debilidad; el pensar que casi consideraba quedarme con ellos me tenía saturando de maquillaje mi bolso de aseo con más fuerza de la necesaria. Cuando caminaba hacia la casa de Sam, una pequeña parte de mí realmente había estado esperando que ellos me convencieran de quedarme. Bueno, una gran parte.

Yo solo quería que alguna persona —no, algunos dos sujetos — me quisiera por ser yo.

La ira tenía mis manos temblando mientras doblaba mi ropa y la lanzaba en la maleta. Primero, Roberts me había restregado en la cara el hecho de que él me había robado el caso, y ahora Sam y Jack básicamente me acusaban de ser una perra ambiciosa y cruel.

Eso me ayudó a decidir, y reduje la velocidad en la autopista de dos carriles hacia el aeropuerto de Bozeman. No podría quedarme aquí si eso fuera a ser lo que ellos sentían. Miré mi espejo retrovisor mientras se desvanecían las luces de Bridgewater. El impacto de un rayo... ¡al diablo con eso! Además, tenía que regresar o podría perder mi oportunidad en la asociación de una vez por todas. Podía conseguir un vuelo a Denver esta noche, y estar en el primer vuelo a Nueva York por la mañana. Quizás hasta consiga un vuelo nocturno, y me ahorraría más tiempo. Estaría en mi oficina a las nueve en punto. Esta era la decisión correcta. La opción inevitable. Siempre había puesto mi carrera primero y nada había cambiado eso, en especial ahora que no habría dos sensuales vaqueros bloqueando el camino nunca más.

Estaba allí mucho más que temprano para mi vuelo, así que fui al restaurante del aeropuerto con la vista hacia la vía y las montañas en la distancia. En el bar, ordené vino y me acomodé para esperar. Me tomé la primera copa tratando de apaciguar el pozo agitado que conocía como estómago. Mi mente seguía dando vueltas entre el trabajo al que estaba regresando y la posible vida que dejaba atrás en Montana. Reboté entre ambos bordes del estrés y una soledad doliente.

Mierda. ¿Dónde demonios estaba el cantinero con mi segunda copa?

Elaine llamó mientras esperaba. En serio, ¿cuánto tiempo toma destapar una nueva botella? Su voz familiar debió haberme reconfortado, pero en un momento tan particular como ese, era otro recordatorio de hacia dónde regresaba. La maliciosa y traicionera oficina, las alianzas y las batallas como si estuviéramos en una lucha hasta la muerte y los compañeros de trabajo de la misma firma. Roberts era despiadado, vengativo y con nada de ética. Perfecto como abogado.

"¿Escuchaste las noticias?", preguntó tan pronto contesté la llamada.

"¡Hola! Yo bien, muchas gracias por preguntar. ¿Cómo estás tú?". El cantinero por fin había llegado, llenó mi copa hasta el tope. Cuando lo miré, inclinó su cabeza hacia mi teléfono y me guiñó el ojo.

Ella ignoró mi lamentable intento de broma. "Roberts le está diciendo a todo el que lo escucha que eres muy suave para ser socia. ¿Puedes creerle a ese idiota? Le dijo a Ronald que él te había espantado y, además...".

"Tengo que irme, Elaine. Mi vuelo arribó", y presioné el botón de 'colgar' antes de que ella respondiera, mientras daba un gran sorbo de mi vino. Todavía me quedaba una hora antes de ir a la zona de embarque, pero no podía escucharlos más. Simplemente no podía. Y no porque estuviera molesta, sino porque ya no me importaba más. Había llegado a mi límite por aguantar toda esta basura. Todo de repente se veía ridículo. Incluso se veía juvenil. Nueva York se veía a millones de kilómetros de aquí y allá era donde quería dejarlo.

Me. Importaba. Una. Mierda.

La libertad me inundó como una ráfaga estimulante. Al carajo con aquel lugar. Al carajo Roberts. Al carajo Farber. Ellos podían chupárselas entre ellos.

Se sentía como si me hubiera quitado un visor que me tapaba los ojos y ahora podía ver claramente por primera vez desde... no sé... siempre. ¿Por qué iba a regresar? ¿Para qué? Un trabajo que no me recompensaba en lo más mínimo, una firma que no me valoraba de ninguna manera, una vida sin amigos aparte de Elaine, o de amantes que conozcan qué botones presionar para excitarme, para hacerme gritar. Una vida amorosa sin un novio, mucho menos dos. ¿Por qué escogería eso por encima de lo que tenía aquí?

En Bridgewater, tenía un legado familiar. Tenía mis raíces.

Tenía todo un pueblo al que pareciera que realmente le importo. Y lo más importante quizás, es que tenía algo muy parecido al amor.

Por Dios. Amor.

El solo pensar en Sam y en Jack hizo que mi corazón se apretara en mi pecho. Quizás ellos tenían razón y que lo nuestro era real. Había sentido en unos pocos días lo que nunca sentí en todo mi tiempo de matrimonio con Chad. La única manera en que podía asegurarme era si hubiera visto a través de todo esto, lo que sea que fuese. Recuerdo que Jack siempre hablaba sobre un rayo. ¿Podría caer un rayo en el bar de un aeropuerto?

El cantinero sonreía ampliamente mientras sostenía la botella de vino, silenciosamente preguntando si quería más. Me había demorado en darme cuenta de que él me devolvía la sonrisa que no me había producido el vino. Yo sonreía como una maldita idiota y no me importaba.

Sí, yo era suave, tal y como Roberts les contaba a todos. No era despiadada; yo era amable. Considerada. Cariñosa. Y tenía dos hombres a quienes les gustaba que fuera así.

Eso era. Ya terminé mi trabajo con Nueva York. Terminé con esos estúpidos misóginos como Roberts y Farber. Era tiempo de decir adiós a una existencia solitaria y sin amor, de competencia y lucha. Cambiaré un apartamento de ratonera por cielos más grandes y hombres más grandes.

En lugar de pedir que volviera a llenar la copa, pedí la cuenta.

La adrenalina me agitó más que el vino. Realmente estaba haciendo esto, estaba por renunciar a mi trabajo. Mejor aún, estaba por quedarme en Bridgewater.

Tomé mi teléfono de nuevo antes de reconsiderarlo. Justo como Jack y Sam han estado intentando decirme, dejé de analizar y preocuparme. Estaba cansada de que mis miedos e inseguridades cambiaran mis ideales y ya no quería nada de eso. Tenía que ser valiente y seguir mi corazón por una vez en la vida, o de lo contrario terminaría miserable y sin amor como mi madre.

Mis dedos temblaban mientras buscaba el número de Sally y la llamaba. "Hola, ¿Sally? Perdón por llamar tan tarde. Escucha, hubo un cambio de planes. No estoy lista para vender. Aún no, por lo menos". Su grito de alegría mantuvo lejos mi oído del teléfono. Parece que ella y Violeta Kane habían estado esperando esa llamada desde el día que me conocieron.

Después de colgarle a Sally, me apresuré a llegar a la zona de embarque para pedirles mi equipaje de vuelta. Me tomó hablar con dos representantes de ventanilla, una azafata y un gerente, pero logré conseguir mi equipaje de vuelta y les dije que no me importaba el reembolso.

Al diablo con mi vuelo. Yo me iba a mi hogar.

A Bridgewater, con el reloj de gallo y las figuras de vagabundos.

No pensaba que me llegaría a sentir más ligera que cuando me alejé del mostrador, con mi maletín rodando detrás de mí. No dejé que me preocupara lo que le iba a decir a Farber cuando lo llamara por la mañana, o lo que pensarían mis padres sobre mi decisión. Todo lo que me importaba era regresar con Sam y Jack.

Tenía que disculparme. Por Dios, fui una idiota. Estuve tan molesta porque ellos pensarían que me importaba más el dinero y el prestigio que Bridgewater y su gente. ¿Pero por qué pensarían eso? Porque no los había conocido tanto durante ese tiempo y porque muchas veces escogí el trabajo por encima de cualquier cosa, incluso de ellos. Me habrían azotado muchas veces por eso. Eso se acabó ya. No hablaba de los azotes, de hecho, eso me excitaba mucho.

Ellos habían pasado mucho tiempo mostrándome cuáles debían ser mis prioridades, y fui muy necia para verlas. Pues ya no más. Tomé dirección hacia la puerta corrediza. Ahora era mi turno para demostrarles lo mucho que ellos me importaban a mí. Ya casi había llegado a la salida cuando tuve que detenerme. Ahí estaban mis hombres entrando, luciendo ridículamente sensuales. Mi corazón saltó hasta mi garganta cuando los vi.

Mis hombres. Amaba cómo sonaba eso. Se sentía tan bien, igual que cuando ellos me decían que yo era su mujer. Encajábamos juntos, y ahora tenía que mostrarles que por fin había aprendido la lección.

16

ACK

Escuché el suspiro de alivio de Sam cuando entramos al aeropuerto y vimos a Katie. Gracias a Dios que la alcanzamos antes de que volara a Nueva York. Habíamos tardado mucho debatiendo qué íbamos a hacer después de que huyó de nosotros. Sam y yo estábamos a punto de discutir sobre quién tenía la culpa de que ella se hubiera ido de esa manera. Él había pensado que quizás la habíamos presionado mucho, pero yo estaba seguro de que presionarla fue la única forma de que abriera sus ojos y viera lo que era correcto frente a ella.

No fue nada simple. Le había tomado a Sam el ataque cardíaco de su padre para regresar a casa y darse cuenta lo que realmente deseaba. Katie tuvo que poner valor a su ratonera y decidir si esa vida valía la pena. Para algunos, esa decisión nunca era rápida, y Katie era tan lista que habría analizado cada parte antes de ver cómo podría hacerlo funcionar. Teniéndonos a los dos imponiendo la decisión y presionándola, incluso azotándola, no iba a ayudarla.

Acordamos que le daríamos espacio por el resto de la noche cuando Cara llamó diciéndonos que Katie había enviado un mensaje con instrucciones de dónde encontrar la llave de la casa de Charlie. Parecía que Katie se había ido. Había volado. Había tomado su decisión.

Ahí se había ido la idea de darle su espacio. Sam y yo no teníamos tiempo que perder discutiendo, salimos de la casa, saltamos a la camioneta y corrimos hacia el aeropuerto. En el camino, nos dimos cuenta de una cosa que no le habíamos dicho a ella, y era que la amábamos. No éramos solo dos vaqueros buscando rascarle donde le picaba, no, éramos solo dos hombres que querían tener una mujer. No. La queríamos porque nuestros corazones le pertenecían a ella, y solo a ella. Tal vez, si le habríamos dicho eso desde el principio, no hubiéramos estado en esta búsqueda tras ella.

En el momento en que entramos a la terminal, la vimos.

Miré a Sam, con una enorme sonrisa. Parecía que habíamos llegado justo a tiempo.

Ella corría hacia nosotros, tirando de su maletín, pero se detuvo al vernos. Por un segundo, pensé en colgarla sobre mi hombro y llevarla a casa. Se suponía que estaría con nosotros, y si ella no se diera cuenta de eso, lo haría después de que la cogiéramos toda la noche hasta que perdiera la razón. Pero hemos estado haciendo la rutina de cavernícolas desde que la conocimos. Sí, ella necesita hombres dominantes en su vida, ya que, aunque ella era inteligente y testaruda como una gran abogada, también era algo sumisa. Hemos estado intentando sacarla de su locura, pero también la hemos alejado del proceso para salir de ella. Tomó cada parte de mi control para darle el espacio que necesitaba para averiguarlo, o al menos lo suficiente para que no se subiera a ese maldito avión.

La mirada de sorpresa en su rostro fue reemplazada por una gigante sonrisa, y toda la tensión de mi cuerpo se fue ante esa hermosa vista. Sam se me acercó y murmuró: "gracias al cielo".

Amén a eso. Un segundo después y habría sido todo para nosotros. La tomé entre mis brazos y me abalancé sobre ella para poder plantar un beso en esos dulces labios. La apreté hacia mí, esperando que pudiera sentir todo lo que no le podía decir entonces. Como lo aterrado que estaba por pensar que se había ido para siempre, y lo feliz que me sentía de que haya vuelto en sí.

Me devolvió el beso con esa feroz intensidad suya antes de retorcer su cuerpo para poder tocar el piso. Sam la agarró en el momento en que sus pies aterrizaron y la tiró hacia él para darle su propio abrazo.

Sam nunca fue así de pesado. Y en especial conmigo.

Después de que compartieron eso que casi la hizo correrse en público, le toqué el hombro y lo eché para atrás, dejando a una Katie aturdida tambalearse hacia mis brazos. La sujeté con una mano alrededor de su cadera para mantenerla firme. "¿Vas a algún lado, dulzura?".

Carajo. Espero que no.

Ella negó con la cabeza. "Ya no".

Sam dio un paso al frente para limpiar sus mejillas con una mano. "¿Estabas llorando, muñeca?".

Asintiendo, ella dijo: "Estaba molesta. Fue algo estúpido".

Intercambié miradas con Sam. Había aprendido mi lección sobre no presionar tanto a Katie, pero él asintió de todas formas. "Así que, ya que no vas a volar, ¿significa que te quedarás un poco más?".

"No".

¿Pero qué...? Por primera vez, se me ocurría que tal vez se retrasó el vuelo, o quizás consiguió boleto para un vuelo para más tarde.

Sin embargo, su sonrisa creció lenta y dulcemente. "Me quedaré para siempre".

Sam dejó escapar un grito tan fuerte que un hombre en vaqueros y franela de camuflaje se quedó mirando, y yo levanté a Katie para darle otro beso. Cuando la bajé, nos miró confundida. "¿Y ustedes qué hacen aquí?".

"Vinimos a buscarte", dijo Sam. "Cara nos dijo que te buscáramos".

"Y en caso de llegar tarde, estábamos listos para comprar boletos a Nueva York", añadí, tomando su mano. "Lo lamento, Katie. En la casa fuimos duros contigo. Quizás demasiado".

Ella negó rápidamente con la cabeza. "No, ustedes nunca me hicieron algo..."

Sam no la había dejado terminar su frase. "Sí fuimos duros contigo. Pero solo fue porque queríamos que vieras el hecho de que amarás estar aquí".

"Sabíamos que nunca le venderías la casa a ese promotor", le dije.

Las lágrimas salieron de sus ojos y era todo lo que podía hacer para no levantarla de nuevo y esta vez, nunca soltarla.

"¿En serio? ¿Sabían que tomaría la decisión correcta?".

Sam se mofó de ella. "Por supuesto. Quizás no llevemos conociéndote mucho tiempo, pero te conocemos".

"No me cabía ninguna duda", le dije. "Solo necesitábamos que te dieras cuenta de lo mucho que te importa Bridgewater".

Ella asintió. "Sí me importa Bridgewater". Bajando la cabeza, nos miró a los dos bajo sus notables pestañas. "Y me importan ustedes. Los dos".

Sam la rodeó en los hombros con un brazo y yo apreté su cintura. En ese momento, todo se veía en su lugar, al menos para mí. Con Katie acurrucada entre Sam y yo, esto era como debía ser. Esto. Éramos un equipo, de la misma forma que nuestros antepasados habían hecho.

Y... también estábamos formando una escena. El aeropuerto no estaba concurrido, pero habíamos hecho todo el drama como si estuviéramos encerrados en una burbuja y esta explotó, dejándonos en un área pública.

"Creo que deberíamos continuar esto en otro lugar", dijo Sam. Fue a recoger el equipaje abandonado mientras yo entrelazaba mis dedos con los de Katie y la llevaba hacia la salida.

Sam nos alcanzó mientras caminábamos directo hacia mi camioneta.

"Devolví el auto rentado", dijo Katie, como si hubiera algún problema en que ella regresara a casa con nosotros.

Viaje salvaje

"Entonces tendremos que conseguirte uno propio", dijo Sam. "No puedes rentarlos por siempre".

Siempre. Esa palabra voló a mi alrededor como el viento de verano. Por un segundo, sentí que ella volaría de nuevo. Sentí esa mirada de potrillo asustado cuando la vi. Tomando aire profundamente, ella añadió, "sí, creo que tienes razón. ¿A dónde iría una chica para comprar un auto usado por aquí?".

Y así sin más, esa mirada asustada se había ido. Quizás ella ya quería su nueva vida después de todo.

Habíamos llegado a la camioneta cuando Katie nos detuvo. "Sé lo que he estado diciendo todo este tiempo... sobre lo mucho que necesitaba esa promoción y lo importante que era para mí regresar".

Intercambié miradas con Sam. ¿A dónde llevaría este tema?

"Entiendo que no confíen en mi decisión". Su expresión se tornó muy seria. Parecía como si fuera a dar unas muy malas noticias. "Pero sé lo que estoy haciendo. Puede que haya tenido desordenadas todas mis prioridades, pero son claras ahora. Me quedaré en Bridgewater, que es donde pertenezco".

Le sonreí a Sam antes de volver la mirada hacia ella. "Lo sabemos, dulzura".

Sam interrumpió. "No tienes por qué disculparte por no haberlo visto antes. No creciste aquí, por lo tanto, todo esto es nuevo. No esperábamos que te adaptaras de la noche a la mañana".

Bajé mi palma abierta por su espalda y apreté su redondo culo de manera juguetona. "Tendrás muchas noches para acostumbrarte a la idea".

Quería decirle lo que sentía, y dejar que Sam tomara su tiempo para decirle lo mismo, pero el estacionamiento del aeropuerto no era el lugar indicado.

Ella se echó a reír mientras la adentraba en la camioneta. Cuando ella se volteó para sonreírme, la idoneidad me hizo sonreírle de vuelta. Sabía que ella sería la indicada desde aquel encuentro en el avión. Cuando se cayó accidentalmente sobre mí, todo mi ser me indicaba que ella era la indicada. Sabía que Sam tuvo la misma experiencia en el momento que la conoció en el bar. Pero habíamos crecido en Bridgewater, por lo que buscar a la indicada y conocerla instantáneamente... no era un concepto extraño para nosotros. ¿Pero Katie? Ella tenía que aprender a confiar en su corazón. Y en nosotros.

Me monté en el asiento del conductor, al lado del de ella, y mi verga estaba creciendo con solo pensar en las formas que había de recompensarla por tomar la decisión correcta, para mostrarle cómo nos sentíamos.

Sam tomó su asiento al otro lado de Katie después de montar el equipaje en la parte de atrás. Veía cómo su mano alcanzaba y acariciaba los muslos de Katie por encima de la rodilla, justo donde terminaba su falda. Sí, mi primo y yo estábamos en sintonía.

Había aprendido la lección sobre presionar a esta mujer, y no lo volvería a hacer. Acaricié su pierna donde presionaba contra la mía y le di un ligero pellizco. "Escucha, dulzura. Nosotros sabemos que eres la indicada para nosotros, y somos muy testarudos sobre eso. Puedes tomarte el tiempo que quieras para aceptarlo, siempre y cuando no vuelvas a volar lejos de aquí. No te volveremos a presionar".

Sam asintió. "Intentamos lanzarte todo para que lo asimilaras con esa charla de 'ser la indicada', ¿verdad? De ahora en adelante, prometemos dejar que vayas tranquila con la idea".

Katie estuvo callada por unos momentos, sus ojos fijos en la vista de nuestras manos sobre sus muslos. Alcanzó y sujetó nuestras manos, apretándolas. "Gracias. En serio, lo aprecio mucho". Volvió la mirada hacia mí, luego a Sam, y entonces deslizó sus manos por encima de sus muslos, arrastrando su falda en el proceso. La habría levantado en el estacionamiento, pero seguíamos dentro. Golpeé los frenos para ver lo que estaba haciendo. Quité mi mano de su pierna, y Sam también lo hizo. Levantando sus caderas, ella sacudió sus pantis de encaje color lavanda, hasta que se cayeran a través de sus piernas. Sosteniéndolos en el aire, la fina tela colgó de sus dedos mientras ella separó sus rodillas para exponer su vagina. "Pero si no les molesta, quisiera que me lo hicieran más fácil de asimilar... en la cama".

Sam gruñó y tomó sus pantis, luego puso una mano en su rodilla derecha. "Buena niña, Katie".

Colocando mi mano en su otra rodilla, la mantuvimos con su coño expuesto mientras presionaba el pedal hasta el fondo directo hacia mi rancho como alma que lleva el diablo.

17

Para cuando llegamos al rancho de Jack, yo estaba que echaba fuego. Podía ser por la adrenalina y el júbilo embriagante de ver a Sam y a Jack en el aeropuerto que me sentía tan atrevida, pero no. Era por el hecho de que ellos tenían razón. Sí, ellos eran dominantes y mandones, pero era lo que necesitaba. Lo quería. Los quería a ellos. Entonces cuando me quité los pantis y los sostuve fuera para ellos, era una señal, y una muy traviesa, por cierto, que les estaba dando. Una señal para hacerles saber que me entregaba a ellos. Quería estar entre ellos, y que el resto del mundo se pierda en el horizonte. No, ir sin ropa interior no alejaría mis problemas, pero era un recordatorio de que tenía a Jack y a Sam. Ya no estaba sola.

Cuando Jack apagó la camioneta frente a su casa, yo vibraba con emociones acumuladas. Por suerte, tenía a mis hombres para ayudarme con el trabajo.

Mis hombres. Empezaba a acostumbrarme a la idea, de manera lenta, pero segura. Les había dicho eso. Pero por ahora, todo lo que quería era mostrárselo.

"Jack", le dije cuando entró en su casa, con su brazo alrededor de mi cintura. "¿Cuándo supiste exactamente que era la indicada?".

Su lenta sonrisa indicaba que sabía exactamente a dónde iba a parar esto. Lanzándose en el sofá, dio unas palmadas en sus piernas. "Yo creo que fue cuando tú estabas aquí".

Sam se inclinó contra el marco de la puerta mientras me miraba desabrochando el cierre de mi falda, y deslizándola a mis pies para dejarla caer al suelo. Desnuda de la cintura para abajo, me senté sobre Jack. "¿Aquí?", pregunté.

"Mmmhmm". Sus manos llegaron a sujetar mis muslos y desde el lugar donde estaba podía ver la presión que hacía su pene contra sus pantalones. "En ese avión, todo lo que podía pensar era en quitarte esos pantis y enterrar mi verga en ti. Pero estando desnudos se ve mejor.

Me comí un gemido, ¿quién diría que tendríamos la misma fantasía? No podía esperar más. "¿Sabes lo que quisiera hacer?".

"Muéstrame". Sus párpados se mostraban llenos de deseo mientras me veía desabrochar sus pantalones y bajé el cierre. Levantó su cadera para que pudiera tirar del pantalón lo suficiente para propulsar hacia arriba su largo y grueso miembro. Agarró un condón de su bolsillo y lo vistió con sus dedos hábiles.

Inclinándome, le susurré en el oído. "Quiero montarte, vaquero".

"Ahora es nuestra oportunidad, dulzura. Súbete y móntame salvajemente. Sí, justo así".

Colocando una rodilla a un lado de sus caderas, me subí a su dura verga, y luego me bajé para que tomara mi vagina en un solo movimiento. Estaba tan húmeda por haber estado abierta de piernas en la camioneta, que la sensación profunda y pegajosa me tuvo luchando por respirar. El gruñido de Jack fue bajo y primitivo, y antes de que lo supiera, sus manos sujetaban mi cadera con fuerza. Me levantó y me lanzó contra su pene fuerte y rápidamente.

Nunca había visto a Jack perder el control… pero me encantaba. Volteé la cabeza para asegurarme de que Sam estuviera viendo. Por supuesto, su mirada oscura estaba encima de mí y sentí cómo me mojaba más que antes por saber que él estaba excitado. Excitado por verme a mi montando a su primo. Miré más abajo, hacia su erección y me relamí los labios.

Él no necesitaba ninguna clase de pista. "¿Por casualidad tu fantasía incluía dos hombres a la vez?".

Lentamente, sacudí mi cabeza y me mordí el dedo. "¿Quién quiere una fantasía cuando puedo tener la realidad?".

Mientras Jack me cogía, Sam se acercó, me quitó la blusa y el sostén, dejándome completamente desnuda.

Contrayendo mi cuerpo, torturé el pene de Jack mientras Sam encontraba un condón y lubricante, se montó el condón y liberalmente lo cubrió con el lubricante. Con sus dedos resbalosos, tocó mi entrada trasera mientras Jack se quedaba quieto. Aunque era gentil, su toque era frío y pegajoso, y solo pude abrir la boca, buscando un gemido en vano.

"Mierda, apúrate, Sam. Necesito moverme". La voz de Jack no era más que un simple gruñido.

Sam puso su dedo a trabajar cuidadosamente dentro de mí, cubriéndome de lubricante y preparándome para recibir su pene. Podría ser más grande que cualquiera de los tapones anales con los que había jugado antes, pero sabía que sería mucho mejor que eso.

Las manos de Jack se tensaron en mis caderas y me levantó y bajó, usándome para complacer su pene mientras Sam añadía más y más lubricante.

"¿Se siente bien?", preguntó Jack. La comisura de su labio se tornaba hacia arriba, sonriendo, pero podía ver que estaba al borde. Ningún hombre era capaz de aguantar tanto.

Asentí, relamiéndome mis labios.

El dedo de Sam se deslizó fuera y me sentí vacía, incluso con Jack tan dentro de mí. Pero no fue por mucho, porque el pene de Sam me estaba empujando, penetrándome. Una cálida mano se posó en mi hombro.

"Respira, muñeca. Eso es, buena chica".

Era difícil relajarme, pero sabía que era la única manera de que eso funcionara. Levanté mi mirada hacia Jack, y lo sostuve mientras Sam presionaba más y más. Hasta que ambas puntas tocaron lo más profundo de mí. Me quedé sin aliento ante el estirón, ante el hecho de sentirlos. A ambos.

"Oh, Dios", susurré, tratando de mover mis caderas. Era como... Guau. Grande. Intenso.

Podía escuchar la respiración andrajosa de Sam mientras lentamente se deslizaba dentro y fuera, con más profundidad en cada golpe. Las manos de Jack se deslizaron por mi abdomen hasta cubrir mis senos, y gentilmente pellizcó mis pezones.

"¡Es demasiado!", dije jadeando.

"Shh", Jack susurró. "Cierra tus ojos, y siéntelo".

"Ya estoy dentro. Demonios, muñeca. ¡Eres perfecta!", dijo Sam.

"Sí", continué con el jadeo. "¿Esto? ¿Lo nuestro? Esto es... Dios, nunca supe que sería así".

"Estoy listo, ¿y tú?" preguntó Jack.

Asentí, aunque sabía que él se refería a Sam.

"Hora de hacerte nuestra, muñeca".

Sam se echó para atrás y Jack levantó su cadera, ocupando todo dentro de mí con su longitud. Entonces se turnaron, con Jack levantándome para cambiar de puesto con Sam que se deslizó todo el camino. Ellos siguieron haciéndolo y me desplomé sobre el pecho de Jack mientras seguíamos. Era el relleno del emparedado de los chicos Kane y fue... increíble. Atrapada entre ellos, todo lo que podía hacer era rendirme a la montada y confiar en que ellos cuidarían de mí.

"¿Te encuentras bien, dulzura?", preguntó Jack.

"Mmm-hmm", murmuré.

Cerré mis ojos e hice lo que Jack dijo. Solo sentí. ¿Cómo podría no hacerlo? Estaba tan abierta, tan llena, tan... tomada. Estaba bañada en sudor, y el aroma oscuro que produce el coger llenaba el aire. Era demasiado. Las sensaciones eran explosivas y me corrí, gritando y contrayéndome sobre ellos.

Jack lanzó un último empujón, gritando ante la descarga. Sam sujetó mi hombro, deslizándolo y luego colgándolo en su brazo. También acabó.

No podía moverme, aunque lo intentara. No porque

estuviera ensartada entre dos vergas, sino por el orgasmo tan bueno que tuve. Ni estaba segura si me quedaba algún hueso.

Después, cuando estábamos tumbados en el sofá recuperándonos, desnudos, porque ¿quién necesitaba ropa?, ellos preguntaron si yo había comido. "No, aunque no tengo hambre. Pero estoy sucia".

"Nadie lo puede negar", dijo Sam mientras daba un pequeño azote a mi trasero.

"No esa clase de 'sucia'", dije echándome a reír. "No me he bañado después de la limpieza de esta mañana, y ahora esto…". Sacudí mis manos señalando todo mi cuerpo. Había sido usada, y muy bien. Estaba pegajosa y sudorosa, y el lubricante todavía se sentía en lugares donde andaba algo irritada. Necesitaba desesperadamente una ducha.

Por suerte para mí, Jack tenía una ducha lo suficientemente grande para los tres. Estaba físicamente exhausta por un largo día de limpieza, empaquetado y sexo desenfrenado. Sin mencionar el cansancio mental por la montaña rusa de emociones. Sam y Jack me trataron como una muñeca invaluable, ayudándome a bañar. Solo me quedé de pie y ellos se encargaron de mimarme. Sam en el frente y Jack atrás, me cubrieron en jabón y me limpiaron con unas esponjas y con sus manos, masajeando mis músculos adoloridos en el proceso. ¿Cómo esperan que camine después de algo tan relajante?

Cuando me sentía limpia y pulcra, me llevaron a la cama tamaño King de Jack y me colocaron entre las sábanas, acurrucada entre ellos. Debí dejarme llevar y correr en algún momento después ante la sensación de mi vagina bajo el ataque de una lengua traviesa.

Ambos estaban despiertos y se encargaban de despertarme suave y lentamente. Los labios de Jack estaban en mis senos, sus dedos pellizcaron un pezón mientras chupaba el otro con su boca y lo retorcía. Debieron haber escuchado mi fuerte respiración, porque escuché a Sam reír pícaramente entre mis muslos, donde su lengua acariciaba los pliegues de mi vagina tan ligeramente que se consideraría tortura.

Él movió su lengua para rodear mi clítoris. "¿Quieres más de eso?".

Respondí con un gemido y Jack reaccionó chupando con más fuerza mis pezones. Sam esperó hasta que le rogara antes de darme lo que realmente quería. Deslizándose, presionó su pene en mi palpitante coño, llenándome con lo que sabía que necesitaba. Sus golpes fueron devastadoramente lentos y superficiales, y yo lloriqueaba porque me diera más duro, más rápido.

"¿Quieres que te haga correr, muñeca?".

¡Sí! ¡Por Dios que sí! ¡Lo necesito!

"¿Necesitas que Jack te ayude?".

Asentí con la cabeza, o al menos lo intenté, pero terminé moviéndome bruscamente adelante y atrás mientras agarraba el culo de Sam, animándolo a que me diera más.

"Tranquila, muñeca. Te daremos todo lo que necesitas esta misma noche. Te lo aseguro".

"Y cada noche también", añadió Jack, sujetando mi seno con sus manos. "Nos perteneces, dulzura".

Y claro que ellos cuidaron de mí. Una y otra y otra vez. Luego, nos quedamos dormidos así nada más, conmigo acurrucada en el medio de mis hombres.

Exactamente donde pertenecía.

¿QUIERES MÁS?

¡La serie del Condado de Bridgewater comienza con *Tómame fuertemente*! ¡Lee el primer capítulo ahora!

HANNAH

El uniforme verde pálido de la cafetería no estaba a la moda, pero era cómodo... y reconfortante. Pasé mi mano por los pliegues de poliéster y respiré profundamente. No se parecía en nada a la ropa de hospital a la que estaba acostumbrada, pero la sencillez del vestido con el delantal blanco era como regresar unas décadas en el tiempo, igual que como me había sentido cuando llegué a este pueblo. Bridgewater. ¿Cómo diablos terminé aquí? No solo aquí, sino en Montana. Fue para usarlo como escondite. Tenía que esconder mi vida real debido a un exnovio idiota. Tuve que huir, asustada.

Esa pregunta daba vueltas y vueltas en mi mente desde que había llegado a este pequeño e inhallable poblado hacía dos semanas. Aunque se asentaba en un valle dibujado a la perfección, no era Londres exactamente. No era un destino para vacacionar, y trabajar como mesera en una cafetería local era lo opuesto a la carrera soñada que había dejado atrás. Nadie se alejaba de diez años de estudios, residencia e internados. Nadie, excepto yo. Sin embargo, una fugitiva no podía ser exigente, y

¿Quieres más?

Bridgewater era lo más imperceptible en el mapa, en lo que a un pueblo podía referirse. Y ese era el punto, ¿no? No estaba aquí por vacaciones. No estaba aquí por el paisaje. Estaba aquí para esconderme, así de simple.

Una indignación ahora familiar se apoderó de mí y respiré profundamente para tener mis emociones bajo control. Me miré en el espejo del baño. Solo un poco de maquillaje —lo suficiente para esconder las ojeras— y alisé mi pelo para sujetarlo en una cola de caballo. Mi estadía en una residencia de hospital no me ofrecía suficiente tiempo para arreglarme, por lo que solía ir natural. Estaba acostumbrada a la mirada de trasnochada. Sin embargo, ahora la tenía no porque hubiera hecho un turno de cuarenta y ocho horas en la sala de emergencias, sino que tenía ese aspecto porque estaba asustada. ¡Y eso me enfurecía! Él me había reducido a esto. Mitad asustada, mitad furiosa. Honestamente, no estaba segura de con quién estaba enojada en estos días: con mi ex por lastimarme o conmigo por escapar como una cobarde o, incluso, por haberme interesado en un tarado como él, para empezar.

Brad Madison había sido el novio ideal… al comienzo. Apuesto, atento, aun amable. Pero debí adivinar que solo sería así al principio. Nadie saldría con alguien sabiendo que era un monstruo. Los de su tipo siempre eran dulces, encantadores, amorosos y cariñosos. Brad no cambió de la noche a la mañana. Su caída fue en espiral, lenta y traicionera. Poco a poco, él se volvió más controlador, y sus palabras se fueron tornando cada vez más crueles. Después de varias semanas, se había vuelto obvio. La manera en que me manipulaba y me hacía dudar de mí misma lo tornaba un clásico ejemplo de abuso emocional. Ya lo había visto en emergencias: mujeres que "chocaron con la puerta" o "se tropezaron".

No me di cuenta en ese momento, incluso con todo el tiempo que había pasado trabajando en el hospital. El cambio —en Brad y en nuestra relación— había ocurrido tan sutilmente que había perdido toda perspectiva.

Hasta que me golpeó.

Fue solo una vez, pero eso fue parte del problema. Mi

reacción inicial, luego de que la conmoción y el miedo desaparecieron, fue el decirme a mí misma que solo fue una vez. Intenté creer en él, que no lo volvería a hacer. Que él se sentía arrepentido por ello y que cambiaría. No obstante, aquella repentina conducta era su verdadera cara. Y lo peor de todo era que había empezado a caer en una trampa habitual. Comencé a culparme a mí misma. Esa vez yo había quemado los huevos. El momento cuando me di cuenta de que estaba justificando sus acciones, fue en emergencias. Tenía suficiente base y corrector para esconder la marca en mi mejilla. Ese día llegó una mujer que había sido golpeada por su esposo. Yo había empezado a decirle las frases estándar sobre los indicios de un golpeador, cómo salir, cómo buscar la ayuda competente y si ella quería presentar cargos. Fue entonces cuando señaló mi mejilla y me preguntó qué me había pasado. Había abierto mi boca para mentirle, pero luego me di cuenta, como si hubieran presionado un interruptor, que *yo* era *ella*.

Así que le dije la verdad: había sido golpeada por mi novio ; ¡lanzó mi cara contra los huevos quemados!

Le prometí a ella que terminaría con Brad si ella también se alejaba de su cruel esposo. Había salido esa noche temprano de la sala de emergencias para romper limpiamente con él. O al menos intentarlo. Tomé todo mi coraje para decirle a Brad que se había acabado, aún con miedo de que me golpearía otra vez si lo hacía. Si me había golpeado a causa de un desayuno quemado, ¿qué podría hacer cuando le dijera que lo dejaría? Ante ese punto, estaba realmente asustada y defraudada por aquel hombre que había considerado el amor de mi vida.

No tenía ni idea de qué había pasado con aquella paciente de emergencias. Tenía la esperanza de que hubiera logrado escapar. Y en cuanto a mí, yo lo había hecho, pero no tenía otra cosa por hacer. Solo esconderme.

Mirando mi sencillo apartamento de una habitación, sobre la cafetería, intenté sentirme agradecida en lugar de arrepentida por haber abandonado mi antigua vida y mi carrera forzosamente. Y de hecho *estaba* agradecida. El espacio era austero, pero limpio. La renta no era costosa y solo debía bajar las escaleras para llegar al trabajo. Había tenido suerte de encontrar este lugar, con unos amistosos caseros.

Bridgewater tenía la imagen perfecta de un pueblo del Oeste, al estilo de Norman Rockwell. El hecho de que hubiera conseguido un trabajo en una cafetería con el espíritu del "Viejo Oeste" en la calle principal fue un golpe de suerte. Necesitaba dinero, dinero que no saliera de una caja automática o de una tarjeta de crédito rastreable. Estaba segura de que no habría tenido tiempo para iniciar una nueva vida por mi cuenta antes de escapar, por lo que me sentí con suerte al recibir esto.

Tomé mi bálsamo labial, lo pasé por mis labios resecos y mis pensamientos regresaron a Brad.

Después de decirle que lo iba a dejar, me fui de su apartamento pensando que nunca lo volvería a ver. Me sentí aliviada. Liberada. ¡Qué idiota fui! Claro que él no me iba a dejar ir tan fácilmente. Unas horas después apareció frente a mi casa. Sabía que había bebido por la mirada glaseada en sus ojos y el hedor del whisky en su boca.

Eres mía y yo nunca te voy a dejar ir.

Esas palabras todavía resonaban en mi cabeza por las noches, cuando debería estar durmiendo. Dormir para mí era una mezcla de un sueño húmedo con mi peor pesadilla. La posesividad de su tono aquella noche y su desdén todavía me daban escalofríos. La situación había ido de mal en peor después de eso. Él, borracho y furioso, se había aparecido gritando sobre la manera en que me vigilaba cuando yo estaba de turno en el hospital. Gritaba sobre cómo evitaría que otro hombre me tuviera. Quién sabe qué habría pasado si la gente de seguridad no hubiera llegado en ese momento.

Y entonces, empezó colocando flores en la entrada de mi casa con una nota de disculpa, seguido de mensajes amenazantes en mi buzón de voz. Su comportamiento se había vuelto errático, sabía que en, cuestión de tiempo, volvería a cruzar la línea de abuso emocional a abuso físico. Me había entrenado para hablar con mujeres sobre esto, había visto de primera mano lo que podría hacer un sujeto abusivo cuando se encontraba bajo presión.

¿Quieres más?

Intenté hablar con la policía, pero debido a que no había *ocurrido* nada aún, tenían las manos atadas.

Entonces supuse que si me quedaba en Los Ángeles, la próxima vez, podría ser más que solo una mejilla morada. Y por eso escapé.

Me volteé hacia el espejo de cuerpo completo de la puerta del baño. Miré a mi nueva yo. Con uniforme y delantal incluido, me despedí de Hannah Winters y saludé a Hannah Lauren.

Brad se encontraba a miles de kilómetros de aquí y ya no era ninguna amenaza. O al menos eso esperaba. Después de dos semanas, empecé a respirar mejor y a dormir más horas al día, aún despertándome ante cualquier crujido en el viejo edificio. O ante alguna extraña pesadilla. No tenía nada que temer aquí en Bridgewater —Brad no estaba aquí— y eso era más que suficiente para dar las gracias. Había dejado Los Ángeles y él no tenía forma de encontrarme, de eso estaba segura. Tal vez extrañaba al hombre que él solía ser al comienzo, pero yo no era estúpida. Yo era una doctora. Había hablado con alguien de un refugio sobre cómo escapar y cubrir las huellas o los rastros. Y por eso, abandoné mi apellido.

En el momento en que Brad se había ido aquella noche, me aseguré de que no estuviera esperando fuera del edificio y tomé esa oportunidad para huir. Lancé unas cuantas prendas en un bolso, guardé el dinero que había retirado de tres cajeros automáticos diferentes y me dirigí a la estación de autobús. Me subí al primero que pude encontrar y luego, en Salt Lake, tomé otro. Bridgewater resultó ser uno de los pueblos en los que el autobús se detuvo para dar un descanso a los pasajeros. Cuando bajé y vi aquel paisaje surrealista, congelado en el tiempo, que representaba la vía principal, bueno, supuse que este pequeño pueblo era tan ideal como cualquier otro para quedarme lo necesario. Para ocultarme. Podría estar el tiempo que necesitaba para planificar mis próximos pasos.

El autobús se había ido sin mí y me encontré caminando las seis cuadras que llevaban a la zona baja de Bridgewater. La vía principal estaba formada por edificios de ladrillos de dos pisos, que parecían recién salidos del siglo diecinueve, con tiendas que

¿Quieres más?

vendían auténticas botas y sombreros vaqueros, junto con cañas de pesca, rifles de caza y cualquier otro equipo de campo que alguien pudiera necesitar. Era encantador, pero no exactamente el centro de las posibilidades de trabajo. Realmente fue un golpe de suerte encontrar un aviso de "se solicita ayudante" en la ventana de la cafetería. Incluso, tuve más suerte cuando la dueña, Jessie, se mostró amable conmigo, a pesar de que yo era una extraña sin ninguna experiencia como mesera. Solo había perdido el autobús y ella me ofreció un empleo en el restaurante, además de un pequeño apartamento arriba del local.

Tantas fueron las cosas que sucedieron a mi favor, aquí, en Bridgewater. Los turnos en el restaurante me mantenían ocupada; los pueblerinos eran increíblemente amables conmigo y me sentía a salvo de cualquier amenaza de Brad. Me encontraba fuera de su alcance. Forcé una sonrisa en el reflejo de un vidrio. Estaba agradecida.

Con mis anchos ojos verdes me miré a través del reflejo. Al menos ya no se veía miedo en ellos, lo cual era un hecho que no podía subestimar de nuevo. Las ojeras también se estaban desvaneciendo. Si bien no había dormido lo suficiente esa noche, un doctor siempre estaba acostumbrado a la falta de sueño. Ser una mesera de un pueblo pequeño no había sido mi plan a largo plazo cuando me gradué de la Escuela de Medicina, pero me había empezado a gustar y mucho, por cierto.

El trabajo era difícil a su manera, pero me mantenía distraída. Además, el trabajo físico quizás era duro, pero era menos estresante que trabajar en una sala de emergencias. Las personas que antendía aquí no estaban enfermas o al borde de la muerte. Ellos solo querían una taza de café o el plato del día. Claro que extrañaba mi trabajo, pero tomarme un descanso de ese estrés de la lucha entre la vida y la muerte fue un gran alivio. Había lidiado con demasiado estrés en mi vida, también gracias a Brad.

Trabajar de mesera era agotador. Por primera vez en años, caía rendida al final del día y, últimamente, me despertaba cada vez menos a causa de las pesadillas. Tampoco planeaba ser una mesera toda la vida. Regresaría a mi antiguo trabajo lo antes

¿Quieres más?

posible. Mi estadía en Bridgewater era a corto plazo, solo hasta que Brad fuera enlistado. Debido a que pertenecía al Ejército y era teniente coronel, él tenía que hacer lo que se le ordenaba y no podía decirle a sus oficiales al mando que no podía salir a altamar. A ellos no los podía golpear si no estaba de acuerdo.

Él había mencionado que sería enviado a Corea del Sur, a guiar un batallón que mantenía todos los helicópteros en la base. Sería enviado por cuatro años y no había manera de que pudiera herirme en ese tiempo. No sabía la fecha exacta en que se iría, pero no podía ser más de unos meses, máximo, hasta que el océano Pacífico nos separara. Todo lo que tenía que hacer era mantener un perfil bajo hasta que él se fuera y, luego, recobraría la vida que él me había robado. Él estaría en Asia. Aunque no le deseaba a alguien más lo que él me había hecho, sabía que, probablemente, encontraría a otra mujer para controlar y manipular. Y entonces, se olvidaría de mí.

Alisé mi pelo, debido a que la cola de caballo no me ayudaba con los rulos salvajes. Mi turno empezaba en cuestión de minutos y no quería llegar tarde, y menos a causa de mi estúpida charla motivacional diaria con el espejo. La cafetería del pueblo siempre se llenaba de gente a la hora de la comida y, con el pasar de los días, me había esforzado cada vez más en mantener a mis clientes satisfechos.

Dos clientes en particular llegaron a mi mente, Declan y Cole. Le di una sonrisa pícara a mi reflejo. Esos *sí* que eran dos clientes que me encantaría satisfacer. Mi suave risa resonó a través del silencioso apartamento. No me había escuchado reír desde hacía mucho tiempo. Los hombres en cuestión habían llegado para almorzar durante cada uno de mis turnos de la semana pasada y tenía el presentimiento de que hoy no sería diferente. Decir que la presencia de ambos me alegraba el día es decir muy poco. Cuando los veía cruzar la puerta del frente y sentarse en una mesa de mi sector designado —siempre se sentaban en mi sector—, me ponía como una adolescente enamorada del mariscal de campo de la secundaria.

¿Acaso estaba mal que tuviera un amorío —bueno, en realidad dos— durante mi travesía? Probablemente. Quizás hubiera empacado una pequeña maleta, pero tenía mucho "equipaje" personal. Ver a esos dos vaqueros hacía que se me escapara el corazón de mi pecho y me sudaran las manos. Solo la mirada de ese dúo viril endurecía mis pezones y estaba segura de que se podía notar a través de mi uniforme y el sostén debajo.

Ellos eran vaqueros hechos y derechos, y Jessie me atrapó mirándolos. El primer día ella se me acercó y se inclinó hacia mi rostro para decirme que ellos eran como dos enormes vasos de agua. No tenía ni idea de qué significaba eso, pero si se refería a que ellos eran capaces de hacer que cualquier mujer mojara sus pantis con solo una mirada penetrante, entonces tenía toda la razón.

La sensualidad vaquera funcionó conmigo. Esos hombros anchos, las quijadas firmes, miradas penetrantes. Si, *realmente* funcionó. Durante todos y cada uno de los días. Para cuando llegaba arrastrándome a mi cama en las noches, estaba preparada para tocarme mientras pensaba en los ojos azules de Declan y la amplia sonrisa de Cole.

Ellos eran unos caballeros —de haber sido lo contrario, Jessie me habría advertido—, pero sus comentarios coquetos y atención aduladora me tenían pensando que podría ser de otra forma cuando estuviéramos solos.

Claro que eso no significaba nada. Dos hombres coqueteando conmigo era solo un juego. Quiero decir, eran dos hombres ¿no? Era pura e inofensiva diversión, y debo admitir que me sentía bien al tenerlos mirándome de esa forma. Incluso si era solo por coqueteo. Me sentía femenina, aun en mi uniforme fuera de moda.

No era como si intentara buscar otra relación, y estaba segura de que a ellos solo les intrigaba una nueva mujer en el pueblo. Saber que no era algo en serio era lo que me daba la libertad de responder al coqueteo. También lo hacía con el señor Kirby, quien estaba allí cada mañana a las siete para sus tostadas y café, pero él tenía ochenta y cuatro años.

Había pasado tanto tiempo desde la última vez que me había sentido halagada y encantada por un hombre, mucho más por dos. En especial, dos. Dos galanes y candentes vaqueros.

Viviendo en Los Ángeles, no tenía idea de que un vaquero me seguiría el juego. ¿Pero dos? Con cabello oscuro y ojos color chocolate, Cole tenía esa sensualidad funcionando. Declan, por otra parte, era la definición viva del héroe americano, con su corto y limpio pelo rojizo y ojos azules. Él era un policía, eso lo supe por Jessie y por ver la patrulla estacionada afuera con las luces encima, pero no tenía idea de qué hacía Cole para vivir. Por sus manos robustas, hombros anchos y músculos bien torneados, podía asumir que trabajaba en algo físico. Algo en exteriores. Un verdadero vaquero.

Estaba segura de que Jessie sabía todo sobre esos chicos y, felizmente, podría contarme algunos chismes si le preguntara. Esa era la belleza de los pueblos pequeños. Todos sabían todo sobre todos, y los rumores son un pasatiempo legítimo como el tejido o la carpintería.

Pero preguntar sería abrirle mi corazón a un extraño —si le preguntaba sobre ellos, alguien podría preguntar cosas sobre mí—. No podía arriesgarme, no importaba lo curiosa que me sintiera. Podría esconder mi intención tras una charla amistosa, y eso me tendría preguntando indirectamente sobre el dúo sensual. De todas formas, no tenía ningún interés en decirle a nadie que me interesaban tanto Declan como Cole. Jessie se reiría en mi cara.

En los tiempos entre comidas, podía dejar mi mente volar mientras llenaba los saleros y pimenteros, tratando de escoger quién me gustaba más. ¿Declan o Cole? ¿Un apuesto pelirrojo o un moreno sensual? Se había convertido en un juego mental para alejarme de mis problemas.

Había días en que pensaba que sería Cole por sus ojos oscuros y esa cabellera un tanto larga que me tentaba a caer rendida ante sus ojos. Algo me decía que me podría enloquecer con solo tocarme, y que sería dominante en la cama. Cuando fantaseaba con él, veía juegos con esposas y vendas para los ojos. No era exactamente lo mío, pero algo sobre Cole me hacía pensar que podría gustarme jugar algo rudo, mientras él estuviera a cargo.

Por otro lado, fantaseaba con Declan cuando quería algo más

¿Quieres más?

lento, dulce y seductor. Él tenía ese aire de caballerosidad a la antigua a su alrededor y estaba totalmente segura de que él sabía complacer a una mujer.

Cada uno de ellos me dejaba la impresión positiva de que podrían colocar el placer de una mujer por encima del suyo a cada momento. Estaba segura de ello.

Y ahí me fui otra vez, fantaseando con dos hombres a los que nunca había visto antes de llegar a Bridgewater. No era obsesiva con el sexo todo el tiempo. Nunca había pensado en hacerlo con dos hombres diferentes. Claramente, había pasado mucho tiempo desde que había tenido un orgasmo —considerando que a Brad le gustaba tener el control, él nunca hubiera querido hacerme correr, ni aunque su vida dependiera de ello—. Él solía hacerlo, al principio, pero mi vagina parecía tener un mejor detector de idiotas que mi cerebro a causa de que me creí todas sus mentiras. Por mucho tiempo, me había dicho que había sido mi culpa porque mi libido no era muy activo o me había vuelto frígida. Eso era un problema, ¿no? Pero después de pasar un tiempo lejos de Brad, sabía la verdad. Yo estaba loca por tener sexo, mas no por tenerlo con ese idiota.

Analicé mi reflejo una vez más, tomando en cuenta que mis dos clientes favoritos podrían estar sentados en una de mis mesas. Meneando la cabeza, tenía que recordar que solo recibiría el alegre coqueteo de siempre. ¿Por qué ellos estarían interesados en mí? El bálsamo labial no agrandaba mis labios. La máscara no hacía nada para que mis ojos brillaran. Y el color verde menta no contrastaba con mi piel pálida. Mi uniforme no lucía para ningún concurso de belleza, pero era lo suficientemente ajustado para mostrar mi delgada cadera y lo suficientemente corto para mostrar un poco mis piernas. Sin embargo, llevaba mis tenis puestos para aguantar la tortura de estar de pie todo el día. ¡Vaya aspecto!

Le di una última mirada al espejo, asumiendo que eso era todo y estaba lista para salir. La vanidad era lo de menos, desde que mis dos amores eran solo material de fantasía e íbamos a quedar de esa manera. Tomé mi pequeño bolso y me dirigí a la puerta. Apresuré mis pasos ante la idea de ver a mis dos clientes favoritos de nuevo. Estaba consciente de lo ridículo que era eso, lo ridícula que era mi forma de actuar. Con todo lo que había pasado en mi vida, un tonto amor y un escape temporal de mi tortuoso trabajo me hacían sentir humana de nuevo. No podía huir por siempre, pero mientras caminaba hacia la cafetería, no podía pensar en otra cosa que en el hecho de que había cosas peores que empezar desde cero, incluso si fuera por las razones equivocadas.

¡RECIBE UN LIBRO GRATIS!

Únete a mi lista de correo electrónico para ser el primero en saber de las nuevas publicaciones, libros gratis, precios especiales y otros premios de la autora.

http://vanessavaleauthor.com/v/ed

ACERCA DE LA AUTORA

Vanessa Vale es la autora más cotizada de *USA Today*, con más de 50 libros y novelas románticas sensuales, incluyendo su popular serie romántica "Bridgewater" y otros romances que involucran chicos malos sin remordimientos, que no solo se enamoran, sino que lo hacen profundamente. Cuando no escribe, Vanessa saborea las locuras de criar dos niños y averiguando cuántos almuerzos se pueden preparar en una olla a presión. A pesar de no ser muy buena con las redes sociales como lo es con sus hijos, adora interactuar con sus lectores.

Facebook: https://www.facebook.com/vanessavaleauthor/
Instagram: https://www.instagram.com/vanessa_vale_author

www.ingramcontent.com/pod-product-compliance
Lightning Source LLC
LaVergne TN
LVHW011829060526
838200LV00053B/3949